LAISHI DE LU
来时的路
亲历者讲述红色故事

遵义会议

伍修权 等◎著

倪慧慧◎编

中国文史出版社

图书在版编目（CIP）数据

遵义会议／伍修权等著；倪慧慧编. -- 北京：中
国文史出版社，2024.7. --（来时的路：亲历者讲述
红色故事／朱冬生主编）. -- ISBN 978 - 7 - 5205 - 4758 - 1

Ⅰ. I251

中国国家版本馆 CIP 数据核字第 2024D0A025 号

责任编辑：金　硕

出版发行：中国文史出版社
社　　址：北京市海淀区西八里庄路 69 号　　邮编：100142
电　　话：010 - 81136606/6602/6603/6642（发行部）
传　　真：010 - 81136655
印　　装：廊坊市海涛印刷有限公司
经　　销：全国新华书店
开　　本：700mm × 1000mm　1/16
印　　张：17
字　　数：165 千字
版　　次：2025 年 1 月北京第 1 版
印　　次：2025 年 1 月第 1 次印刷
定　　价：72.00 元

丛书编委会

....

总　主　编　朱冬生

执 行 主 编　史延胜　金　硕

执行副主编　吕　鹏　任德才　左厚锋

编　　　者　庞召力　孙召鹏　丁　伟　杨顺雨

　　　　　　彭　曾　倪慧慧　冯长青　牛胜启

　　　　　　冯华安　刘英芳

选题缘起

一是贯彻落实习近平总书记提出的"要讲好党的故事、革命的故事、根据地的故事、英雄和烈士的故事，加强革命传统教育、爱国主义教育、青少年思想道德教育，把红色基因传承好，确保红色江山永不变色"重要指示精神，深入挖掘红色资源，丰富精神宝库。"采取青少年喜闻乐见、易于接受的形式"，讲好"四个故事"、加强"三个教育"，以高度的历史自觉培育有理想、有本领、有担当的时代新人。抚今追昔、鉴往知来，不忘初心、牢记使命，始终牢记"我们走得再远都不能忘记来时的路"，让信仰之火熊熊不息。

二是引导人们树立正确的历史观。中国共产党百年非凡奋斗历程为我们留下了丰厚的精神遗产，随着时间的推移，现阶段人们尤其是年青一代对当年那一段血与火的历史已渐感陌生；网络时代媒体传播的多元化，极大丰富了人们的信息资源，但在一定程度上也干扰了人们对历史的正确认知，特别是关于党史和军史，存在不准确甚至不正确的史料传播。本丛书旨在通过收集和整理史料，让历史说话，用史实发言，为人们树立正确历史观提供翔实资料。

三是文史资料再开发的尝试。现存的权威军史资料大都时日已长，为防止宝贵的红色资源湮没在历史尘埃中，迫切需要对其进行深度挖掘、梳理整合，以"亲历、亲见、亲闻"的"三亲"史料的形式，让红色资源以新的体系、新的样态呈现在世人面前，更好地发挥教育功能。

编选原则

一是坚持正确的政治立场。牢牢坚持党性原则，牢牢坚持马克思主义新闻观，牢牢坚持正确舆论导向，牢牢坚持正面宣传为主。

二是主题鲜明。丛书反映了中国共产党团结带领中国人民，以"为有牺牲多壮志，敢教日月换新天"的大无畏气概，书写了中华民族几千年历史上最恢宏的史诗；展现了坚持真理、坚守理想，践行初心、担当使命，不怕牺牲、英勇斗争，对党忠诚、不负人民的伟大建党精神。

三是史料权威。丛书内容来源于《中国人民解放军历史资料丛书》《中国抗日战争军事史料丛书》《中国工农红军长征史料丛书》所收录的文章及老一辈革命家的回忆录等。涉及党内路线斗争的题材概不收入；涉及犯有重大错误的人员的情况只做客观描述，不做评述；理论性较强，不便于一般读者理解的文章慎重选录。

四是注重"三亲"性。所选文章紧扣"亲历、亲见、亲闻"的特点，内容感人至深、思想丰富深刻、语言通俗易懂，为加强红色资源的故事化提供生动范例，做到知识灌输与情感培养并举。

卷册专题划分

一是在纵向上按照中国革命的历史进程，讲述了土地革命战争时期、抗日战争时期、解放战争时期及新中国成立初期的党史和军史故事。

二是在横向上各个历史时期再按区域或按部队序列进行分述。如土地革命战争时期的各地武装起义，按照当年武装起义比较集中的地区，如湘赣、湘鄂西、鄂豫皖、苏浙闽沪、陕甘等分别编辑成册。抗日战争时期，按照八路军第一一五师、第一二〇师、第一二九师、新四军、华南抗日游击队、东北抗日联军等分别编辑成册。解放战争时期，按照第一、第二、第三、第四野战军和华北军区部队，以及剿匪斗争、策动国民党军起义投诚等分别编辑成册。后勤工作、军队院校等特殊领域，单独成册。

　　囿于文史资料的自身特点，作者个人身份立场、视野角度不同，一些人撰稿时年事已高、事隔经年，记忆恐有偏差，细节难求完全准确，有意偏重或弱化亦难避免。对此，我们力求维持原貌，体现多说并存，只对一些显而易见的讹误进行了谨慎订正。诚然如此，由于我们能力水平和主客观条件的限制，难免有疏漏之处，恳请广大读者批评指正！

　　　　　　　　　　　　　　　　编　者

　　　　　　　　　　　　　　2024 年 6 月

中央红军第五次反"围剿"的失败和长征初期红军力量遭受的严重损失，引起党和红军内部对错误领导的怀疑、不满，要求改换领导的情绪迅速增长。根据 1934 年 12 月 18 日黎平政治局会议的决定，在毛泽东、张闻天、王稼祥等领导同志的努力促成下，红军占领遵义后，1935 年 1 月 15 日至 17 日，在遵义召开中共中央政治局扩大会议，事实上确立了毛泽东同志在党中央和红军的领导地位，开始确立以毛泽东同志为主要代表的马克思主义正确路线在党中央的领导地位，开始形成以毛泽东同志为核心的党的第一代中央领导集体，开启了党独立自主解决中国革命实际问题新阶段，在最危急关头挽救了党、挽救了红军、挽救了中国革命，并且在这以后使党能够战胜张国焘的分裂主义，胜利完成长征，打开中国革命新局面。本书收录的文章主要围绕长征开始、突破四道封锁线、遵义会议、四渡赤水等展开，反映了红一方面军在长征初期为摆脱国民党军所付出的巨大牺牲，以及遵义会议后中央红军在毛泽东等同志指挥下，根据实际情况的变化，灵活地变换作战方向，由被动变主动，摆脱了几十万国民党军队的围追堵截，粉碎了蒋介石围歼红军于川黔滇边境的计划，取得了战略转移中具有决定意义的胜利。

目 录

1

长征前的准备工作[*]

李维汉

　　第五次反"围剿"斗争，由于博古等人推行以王明为代表的"左"倾冒险主义，使中央革命根据地的军民虽经一年的艰苦斗争，终于 1934 年 10 月失败而被迫长征。在第五次反"围剿"斗争中，在军事路线上，他们反对积极防御，实行消极防御。反"围剿"开始时，他们搞冒险主义，"御敌于国门之外"；遇到挫折后，他们搞保守主义，分兵把守，打阵地战；在被迫做战略转移时，他们又搞逃跑主义的大搬家。这是王明"左"倾错误在中央根据地的最大恶果。

　　当中央红军在广昌保卫战失利后，各路敌军开始向中央苏区的中心全面进攻，形势已对我十分不利。红军在内线破敌的可能性已经不存在的时候，1934 年七八月间，博古把

---

　　[*] 本文原标题为《我所知道的长征前的准备工作》，收录时做了适当修改。

我找去，指着地图对我说，现在中央红军要转移了，到湘西洪江建立新的根据地。你到江西省委、粤赣省委去传达这个精神，让省委做好转移的准备，提出带走和留下的干部名单，报中央组织局。他还说，因为要去建立新苏区，需要选择一批优秀的地方干部带走，也让省委提出名单。听了博古的话，我才知道中央红军要转移了。根据博古的嘱咐，我分别到江西省委、粤赣省委去传达。那时，江西省委书记是李富春，粤赣省委书记是刘晓。传达后我又回到瑞金。

长征的所有准备工作，不管中央的、地方的、军事的、非军事的都是秘密进行的，只有少数领导人知道，我只知道其中的个别环节，群众一般是不知道的。当时我虽然是中央组织局局长，但对红军转移的具体计划根本不了解。第五次反"围剿"的军事情况，他们也没有告诉过我。据我所知，长征前中央政治局对这个关系革命成败的重大战略问题没有提出讨论，中央红军为什么要退出中央苏区？当前任务是什么？要到何处去？始终没有在干部和广大指战员中进行解释。这些问题虽属军事秘密，应当保密，但必要的宣传动员是应该的。

我回到瑞金后，开始进行长征的编队工作。按照中央指示，将中央机关编成两个纵队。第一纵队，又名"红星纵队"，是首脑机关，也是总指挥部。博古、洛甫（张闻天）、周恩来、毛泽东、朱德、王稼祥、李德，还有其他负责同志，都编在这个纵队，邓颖超、康克清以及电台、干部团也编在这个纵队，干部团的前身是红军大学，学员都是从部队调来的连排级干部，他们都经历过多次的战斗。干部团人数虽不多，但战斗力强，实际上是首脑机关的警卫部队，在长征中起过很大的作用。长征开始时，毛泽东身体不好，一直坐在担架上，王稼祥在苏区负伤，不能行走，也只好坐担架。在长征路上，他们两人经常在一块讨论问题，交换意见。那时毛泽东不管事，管事的是博古、洛甫、周恩来。第二纵队，又名"红章纵队"，由党中央机关、政府机关、后勤部队、卫生部门、总工会、青年团、担架队等组成，有1万多人。中央任命我为第二纵队司令员兼政委，邓发为副司令员兼副政委，张宗逊为参谋长，纵队的编组工作，邓发花的力量大，我花的力量小。长征出发后，红三军团干部伤亡较大，张宗逊被调往红三军团任师长，第二纵队参谋长由邵式平接任。李富春是总政治部代主任，也在第二纵队。第二纵队司令部有四个女同志随军行动，她们是蔡畅、陈惠英（邓发夫人）、刘群先（博古夫人）、阿金（金维映）。司令部下面还有几个单位：（1）干部团或干部连（也叫工作队），有100多人，李坚真是指导员。这个干部团不是打仗的，是做地方工作和安排伤病员的。（2）干部休养队，也有100多人，徐老（特立）、谢老（觉哉）等都在休养队，他们不担任工作，只要身体好，能随军走就行。（3）警卫营（营长姚喆）。（4）教导师（师长张经武），担任后卫，约5000人，是1934年红五月扩红时参加红军的新兵，才成立 15 天就出发了。它虽是后卫，但没有打过仗，因为第二纵队是由别人保卫的。配属第二纵队领导的还有 100 多名地方干部，他们对政权建设有经验，准备去新区建立政权。中央党校的一部分学员，也编在第二纵队。此外，还有运输队，挑担很多，任务很重。党中央机关的文件、资料之类的东西不多，但中央政府机关的东西很多。如中央银行携带很多银圆，财政部有大量苏维埃钞票，还有银圆，都要挑着走。一边走，一边抄土豪的家，得了现洋，也挑着走。因为部队发的是苏维埃钞票，不能拿苏维埃钞票买老百姓的东西。印票子的石印机也抬着走。军委后勤部把制造军火的机器也带上了，要七八个人才抬得动。每个部几乎都要抬着机器走。卫生部带的坛坛罐罐也很多。真是大搬家，这个运输队成员多数是从劳改队放出来的，体力差，又是走夜路，有的挑到半路就不行了，只好另换人。

长征前，干部的去留问题，不是由组织局决定的。属于省委管的干部，由省委决定报中央；党中央机关、政府、部队、共青团、总工会等，由各单位的党团负责人和行政领导决定报中央。决定走的人再由组织局编队。中央政府党团书记是洛甫，总工会委员长是刘少奇，党团书记是陈云，这些单位的留人名单，是分别由他们决定的。部队留人由总政治部决定，如邓小平随军长征就是总政治部决定的。我负责管的是苏区中央局的人。中央局有组织局、秘书处、宣传部。组织局还管妇女工作。中央局的秘书长是王首道，当时机要工作是邓颖超管的，李坚真也搞机要工作，他们三人都是随军长征的。

中央政治局常委决定留下一个领导机关，坚持斗争，叫中央分局。成员有项英、陈毅、瞿秋白等同志，由项英负责。关于留人问题，我没有参加意见，也未过问，是由中央政治局常委讨论决定的。但我负有直接责任的有四个人，他们是毛泽覃、周以栗、陈正人、贺昌。

毛泽覃在组织局工作，我问过博古，是否让他走。博古不同意，我就没有带他走。之后毛泽覃在保卫苏区的战斗中牺牲了。对毛泽覃同志的不幸牺牲，我长期感到内疚。谢唯俊也在组织局工作，我把他带走了。

周以栗曾任红一方面军总政治部主任，是李立三领导中央工作时派去的。他是主张打长沙，攻大城市的，后来毛泽东把他说服了，放弃了攻打长沙和大城市的计划。我在湖南时就认识他，而且很熟悉。1933 年我到中央苏区时，他已在养病，没有工作。长征时，博古决定把他留下。

陈正人，原是江西省苏维埃政府主席，原来我不认识他，与他没有什么工作关系。我到苏区时他在养病，长征时，也被博古留下了。

贺昌，我对他很熟悉。长征前他负了伤，曾到我那里要求随军走。我问过博古，博古不同意。后来他牺牲了。

上述四个同志当时都在养病，没有工作，归组织局管。他们可以留下，也可以带走，病人可以坐担架长征。他们如果不应该留而被留，我是负有一定责任的。虽然博古不同意他们走，但我是组织局长，还有一定发言权，我可以争一下，但我没有争。

古柏，当时是江西省委决定把他留下的。

何叔衡留下，是博古他们决定的。

除了苏区中央局机关归我管以外，我还分管中央党校，从这儿调来的干部归我负责，我把他们都带走了。长征时中央宣传部部长是潘汉年，我把这个部的正、副部长都带走了。

红军北上抗日先遣队 *

粟　裕

　　1934 年，根据中革军委的命令，红七军团同闽浙赣苏区的红十军及新升级的地方武装合编，成立红军第十军团。红七军团改编为第十九师，红十军和新升级的地方武装，分编为第二十师和第二十一师。刘畴西为军团长，乐少华为军团政委，寻淮洲任十九师师长，刘英任政治部主任。同时，闽浙赣军区的领导干部也做了调整，省苏维埃主席方志敏兼军区司令员，曾洪易任省委书记兼军区政治委员，我被调任军区参谋长。当时中央和中革军委已率中央红军主力转移，中央苏区成立了以项英同志为首的中央分局和中央军区，所以军委在电令中还指出，红十军团和闽浙赣军区今后接受中央军区的指挥。红十军团整编以后的任务是：第十九师仍出动到浙皖赣边，打击"追剿"之敌，发展新苏区，第二十、

　　* 本文节选自《回顾红军北上抗日先遣队》，收录时做了适当修改。

7

第二十一师仍留闽浙赣苏区，打击"围剿"之敌，保卫老苏区。

11月18日，第十九师在寻淮洲同志率领下，从怀玉山和德兴东北通过敌封锁线，向浙皖赣边出发。十九师的突然出动，出乎敌人意料，浙江保安纵队副指挥蒋志英率两个团尾追，受到我军坚决回击，蒋志英负伤败退常山，我军缴获颇多。接着，十九师经上方镇，渡新安江，向分水县（今武盛）前进，并逼近昌化、潜阳（今於潜）和临安，震动了杭州。随后又转向皖南行动，经歙县、绩溪附近，一举攻克旌德县城，接着由泽县、宣城之间北上，威胁芜湖。这一时期，寻淮洲同志率领十九师独立行动，从实际情况出发，在广大地区内机动作战，主动灵活地打击敌人，表现出了他的卓越的军事才能。

就在十九师活动很有成效的时候，中央军区发来指示：根据敌人对闽浙赣苏区的"围剿"日趋严重的形势，命令十军团部立即率二十师、二十一师转到外线，同十九师会合，在开化、遂安、衢县、常山之间集结兵力，争取以运动战消灭敌人，创造浙皖赣边新苏区。为了统一领导十军团与创造新苏区的行动，中央军区决定以方志敏、刘畴西、乐少华、聂洪钧和刘英等五人组成军政委员会，以方志敏为主席，随十军团行动，又调我任军团参谋长，刘英任军团政治部主任。

在当时形势下，组成红十军团，并把长于打游击的红十军和地方武装集中起来，进行大兵团活动，企图打大仗，这是战略指导上的又一个重大失误，为后来的挫折和失败埋下了祸根。

11月下旬，在方志敏、刘畴西同志率领下，红十军团部和第二十师、第二十一师，经婺源、开化之间和休宁以南，北上皖南。12月10日，与十九师会合于黄山东南之汤口地区，此时，敌人调集重兵分成多路对我实施围追堵截，企图围歼我军，为粉碎敌之阴谋，我军必须选其一路给予打击。13日，我们沿屯溪至青阳的公路向北转移，经乌泥关进到黄山东麓谭家桥地区。这时获悉，其他敌军距离尚远，唯尾随我军之敌补充第一旅已抵达汤口，正继续向我追击前进中，显得孤立突出。该敌是蒋介石的嫡系部队，共3个团，装备比较好。我十军团3个师，兵力和敌人差不多，装备不如敌军，但地形对我十分有利，乌泥关是一个山隘口，东侧有一个制高点，向北一路小山坡。军团首长决心利用乌泥关至谭家桥段公路两侧有利地形，以伏击手段，争取歼灭该敌大部。

军团的作战部署是由乌泥关起，沿公路两侧自南向北。按十九师、二十师、二十一师的顺序设伏。十九师是军团战斗力较强的一个师，配置在上峰，除以1个连兵力控制乌泥关制高点外，该师主要兵力部署在乌泥关以北，与二十师、二十一师阵地依次衔接，二十一师以1个营构筑工事坚守谭家桥正面，待敌补充第一旅通过乌泥关，进入我设伏地域以后，即行封锁乌泥关口，断敌退路，阻击敌可能之堵援，同时，二十师、二十一师会同十九师部分兵力对敌拦腰出击，并排打下去，将其大部歼灭于乌泥关至谭家桥公路上。

12月14日上午9点多钟，敌补充第一旅进入设伏地区后，我突然发起攻击，敌顿时惊慌失措，陷入一片混乱。担任前卫之敌第二团，在我军猛力冲击下出现动摇，敌团长被我打伤。开始时，战场形势是很好的。但我十九师除以1个连控制乌泥关制高点外，未能将主力配置于乌泥关以北，而是摆到乌泥关以南去了。乌泥关以南是悬崖陡壁，兵力展不开。敌人调整部署后，集中力量进攻我战斗力较弱之二十师、二十一师，两师指战员奋勇反击，但因不长于正规作战，而十九师又增援不及，以致阵地被敌人冲垮，接着，乌泥关制高点也被敌人夺去了。寻淮洲同志亲自带队夺取制高点，一个猛攻，制高点是夺回来了，可是，他却负了重伤，抢救下来，在转移途中牺牲了，时年仅22岁。寻淮洲同志不幸牺牲，是我们的一个重大损失。此时，整个战斗败局已定，于是决定撤出战斗。接着，在组织掩护的战斗中，刘英、乐少华同志又先后负伤。我们把队伍撤了下来，到黄昏时候向北转移。此时，敌军也打得精疲力竭，伤亡很大，无力对我们追击了。

谭家桥之战是十军团全部转向外线作战后的第一个战斗，初战失利，我军愈加陷入被动。

谭家桥战斗之后，敌人第四十九师、补充第一旅、第二十一旅及一些地方部队，一共近 20 个团的兵力，蜂拥而来追赶我们。为了摆脱敌人的围追堵截，从 1934 年 12 月下旬到 1935 年 1 月上旬，我们在皖南和皖浙赣边的泾县、太平（今仙源）、青阳、石埭（今广阳）、黟县、休宁、祁门、屯溪、歙县、绩溪、婺源、开化等十余县间往返转移，进行了大小十余次战斗，大都是消耗战，虽然给敌人以相当的杀伤，但因敌我力量差距过大，我军处境日趋险恶。从当时的形势看，采取正规军打运动战的办法，已越来越不利，要坚持长期斗争，关键是将正规军转变为游击队，从正规战转变为游击战的同时，为了较顺利地实现这一转变，又必须打一两个好仗，以扭转谭家桥战斗失利带来的严重被动局面，但是当时领导上还没有向游击战转变的认识，又缺乏积极寻机打歼灭战的思想，因而未能摆脱被动局面。

鉴于实际的教训，一部分同志之前已提出过适当分兵问题，谭家桥战斗以后，又建议分兵活动，以适应当时斗争的需要。但是，军团领导对分兵顾虑很大，决定全军团继续南下，经化（开化）婺（源）德（兴）苏区返回闽浙赣大苏区。

化婺德苏区，是闽浙赣大苏区北面的一个外围小苏区，直径约 30 里，周围约 100 里。1 月 12 日晨，军团到达化婺德苏区东北边缘的杨林（属浙江开化县）。这时方志敏同志和我正随先头部队行动。所谓先头部队，主要是军团机关人员、伤病员（包括乐少华、刘英同志在内）、后勤人员，以及缺乏弹药的迫击炮连和重机枪连等，共800余人。我们在经过杨林时没有停留，翻过一个山头，就到达了化婺德苏区，并前进到靠近闽浙赣大苏区的港头，才停下来休息。刘畴西同志率领的军团主力到达杨林之后，顾虑部队疲劳，就在当地宿营，第二天（13日）下午才继续前进。这时，敌浙江保安第二纵队第五团从星口连夜疾进70里，超越我主力部队赶到化婺德苏区东部边缘的王坂、徐家村，占领了堵截我军前进的阵地。我军团主力进到徐家村受阻，与敌发生激战，只好以一部兵力掩护，大部队折经南华山、王山村，进入化婺德苏区，掩护战斗一直持续到14日下午。15日，主力部队的大部才进入化婺德苏区。

16日，方志敏同志和我商定，因敌情紧急，部队应立即行动，先头部队先走，同时通知刘畴西同志率领军团主力迅速跟上，在当日夜晚全部通过敌陇首地段封锁线，进入闽浙赣苏区。下午6点，我们正要整队出发，刘畴西同志派人来通知，部队虽已到齐，但人员疲劳当晚不能再走。这时我建议，情况这样紧，绝不能迟延了，今天晚上必须一律通过敌封锁线。方志敏同志完全同意我的意见，他担心刘畴西同志犹豫迟疑，便决定留下来同主力部队一起行动，要我率先头部队立即前进。

这时，敌人虽已加强了化婺德苏区与闽浙赣苏区之间的封锁线，但兵力不足。当我先头部队通过时，山上碉堡里的敌人打枪，我们派出两个战斗班去佯攻，吸引敌之火力，敌人没有敢从碉堡里出来。这样，我们就加快步伐，上半夜全部通过了敌人的封锁线，安全到达了闽浙赣苏区的大小坪、黄石田（均属德兴县）地区。到达之后，我们一面同省委、军区进行联系，一面等待主力部队。可是，等到下半夜也没有见大部队到来。第二天还没有来，第三天、第四天也还没有来。我们到达闽浙赣苏区以后，随即派出大批干部组织便衣队前去联络和接应，均未能联系上，心情十分焦急。开始隐隐听到那边有炮声，以后就沉寂了。大约经过一个星期，闽浙赣省委告诉我们，从截获敌人无线电通信中得知：先是搜山的敌军报告"清剿"已基本结束，要求撤出休整；以后蒋介石下令，说方志敏、刘畴西等仍在山上，在没有搜到以前，凡要求撤出休整的"杀无赦"。不久，方志敏、刘畴西同志即被搜捕了。

在这期间，有少数同志陆续从怀玉山突围到了闽浙赣苏区，从他们谈话中了解到我军被合围后坚持战斗和遭到失败的一些情况。16日晚，刘畴西同志因顾虑部队疲劳，坚持就地休息，军团主力没有过来。以后在通过封锁线时，因为敌人打枪拦阻，就折回去改换方向。这样接连改换了几次方向，延误了几天时间，追击的敌军都赶上来了，我军遂陷于重重包围之中。我军经过长途行军作战，本已十分疲劳，陷入重围之后，弹尽粮绝，伤亡不断增加，又遇到天气骤变，雨雪交加，许多指战员几天粒米未尝，以草根树皮充饥。在如此极端困难的情况下，他们仍顽强战斗，不断杀伤敌人。

我十九、二十师在怀玉山东南的山地和北部的冷水坑、玉峰、马山等地，二十一师在王龙山北部，同敌军反复进行血战，敌军向怀玉山围攻时，我军占据山顶制高点，继续坚决抗击敌人。在敌军不停顿地"搜剿"和围攻下，我军被分割，被冲散，但仍然坚持各自为战，表现了革命战士无比坚定、无限忠诚和誓死与敌血战到底的大无畏精神。敌人极端野蛮残忍，见人就杀，见房子就烧，把能搜出来的粮食全部彻底烧掉。因为山高林密，不便搜索，敌人就放火烧山，走不动的伤病员，有些就被烧死了。只有少数同志跑回闽浙赣苏区来，另有一小部分同志向北突围到皖南去了。军团主要领导人刘畴西、方志敏同志隐蔽在陇首封锁线附近的山里，至 1 月 27 日，先后不幸被敌军搜捕。此后，方志敏等同志在狱中坚贞不屈，同敌人做了坚决的斗争。1935 年 7、8 月间，伟大的共产主义战士方志敏同志和其他几位同志在南昌英勇就义。

在蒋介石反动派以数倍于我之兵力的疯狂追堵和围攻下，红军北上抗日先遣队这支劲旅不幸失败了。然而由方志敏等同志领导的，广大指战员和烈士们的可歌可泣的战斗业绩，已成为红军斗争史中英勇悲壮的一页，将永垂青史！

从瑞金到闽浙赣苏区[*]

粟　裕

　　1934 年 7 月 6 日晚，红七军团从瑞金出发，开始执行北上抗日先遣队的任务。我们经过了长汀连城、永安县境，打下大田县城，经尤溪以东，进到闽中地区。在罗炳辉同志率领的红九军团掩护和配合下，打下樟湖坂，从那里渡过闽江，完全进入了白区。按原计划，我们渡过闽江之后，应由古田庆元、遂昌直接北上浙西，然后去皖南。但中革军委忽然改变计划，电令我们由谷口东进，占领水口，威胁并相机袭取福州。于是，我们便转兵向东。水口是福州西北闽江边上的一个重要集镇，守敌 4 个营，慑于我军声威，连夜逃走。8 月 1 日，进占水口的同时，我军另一部占领了古田县城。

　　占领水口之后，军团部即在该镇召开"八一"纪念大

---

* 本文节选自《回顾红军北上抗日先遣队》，收录时做了适当修改。

会。这时向部队正式宣布：对外以"中国工农红军北上抗日先遣队"的名义活动，对内仍称红七军团，在大会上，对北上行动和攻打福州进行了动员，部队情绪高涨，斗志昂扬。

我军在闽中地区的突然出现，引起了国民党反动当局的很大震惊。敌人匆忙将部署在闽东宁德、福安、霞浦和泉州等地的第八十七师王敬久部集中到福州，并向闽江上游堵截我军。同时，又急调在湖北整训的第四十九师伍威仁部由长江水路日夜兼程东进，经海运驰援福建。"围剿"中央苏区的国民党东路军总司令蒋鼎文也急忙从漳州飞到福州"观察"。

福州南濒闽江，有高大的城墙，筑有比较坚固的防御工事，城内外驻有国民党第八十七师的 1 个团和 1 个宪兵团，还有一些炮兵、工兵和海军陆战队，城郊南台有飞机场。从水口到福州，70 多公里，沿江的交通干道被敌人控制着，我们是从北面大湖方向绕道开进的。8 月 2 日，部队从水口出发，当天黄昏遭到敌机袭击。因为缺少防空经验，伤亡了七八十人。这时，福州的敌人已加强了戒备。

攻打福州，带有很大盲目性。8 月 7 日，我军到达福州西北近郊，当晚即发起进攻。敌人凭借工事扼守，并使用飞机对我阵地轮番轰炸扫射。我军打得十分英勇，强攻一昼夜，攻占了敌军一些阵地和城北关的主要街道。但因我们还不善于近迫作业，又缺乏攻城手段，也没有地下党组织策应，没有办法打进城，我们估计即使打进城，也不容易解决敌人。于是决定将部队撤至福州以北岭头一带，准备向闽东转移。

8月9日晚，我们进驻北石岭、桃源地区。当夜，敌八十七师的1个团追来，与我警戒部队打响，我们与敌人激战一夜一天，形成对峙状态。敌后续部队赶来增援，我们便撤出战斗。这一仗虽毙伤不少敌军，缴获了一批武器，但我们自己也受到不小损失，特别是伤亡了几个师、团干部。

中革军委这次电令攻打福州，给七军团以后的行动带来了很大困难。我们刚过闽江的时候，声势很大，敌人弄不清我们究竟有多少兵力。这一打，暴露了我军只是一股不怎么大的牵制力量。从此，敌人就一直疯狂地追击和堵截我军。

桃源战斗以后，我们继续向闽东地区转移。时值8月中旬，天气炎热，伤病员增加到七八百人，大部分由干部战士抬着走，部队行动异常艰难，迫切需要一个适当的地区把伤病员安置下来。在经过连江附近的时候，我们和闽东游击区取得了联系。

闽东游击区主要位于宁德、福安、霞浦三县之间，以赛岐、赤溪一带为中心，领导人是叶飞、阮英平、范式人等同志。我们一进入游击区，在当地党和群众的协助下，先将伤病员进行安置。同时根据闽东同志的意见，为了打通宁德、连江等地几块小游击区之间的联系，军团决定攻打罗源县城。8月14日凌晨，在当地党、群众和游击队的配合支援下，我们采用突然袭击的手段，一举攻克了罗源县城，全歼敌保安十一团第三营及县警备队共1000余人，活捉了敌县长和营长，群众大为振奋。我们在福州和桃源两次作战，都是采取正规战的打法，猛打硬拼，伤亡很大。这次罗源战斗，事先进行较详细的侦察，采用奇袭方法，因而能够以很小的代价一举全歼守敌。这使我们体会到，孤军深入敌区，在作战指导上应当有相应的改变。

8月16日，我们奉命离开闽东游击区，沿着闽浙边境，向闽北前进。22日，攻克福安县西部的穆阳镇，消灭敌军数百人。28日，在浙西南击溃敌1个保安团的拦阻后，又攻克了庆元县城，随后又在竹口打垮了敌浙江省保安纵队两个团的阻截，俘敌200多人，缴获步枪数百支，轻重机枪10余挺，迫击炮2门。不到半个月的时间打了三个胜仗，我军声威大震。9月初，我们进入了闽北苏区东北的古楼一带游击区。

闽北苏区以崇安为中心，是闽浙赣苏区的一部分，领导人是有威望的老党员黄道同志。七军团自出动以来，一路上马不停蹄，到达闽北苏区以后，原想利用这里的有利条件做短暂休整，总结一下经验教训，以利再战。同时，我军一路上受到敌军的前堵后追，尤其是敌四十九师始终咬住我军不放。为了摆脱这一被动局面，也需要依托闽北苏区寻机给敌人以有力打击，打一两个好仗。但是，中革军委随即来电批评我们"拟于闽北边区休息，这恰合敌人的企图，因敌人企图阻止你们北进"。于是，我们在这里只停留了几天，安置了一批伤病员，就继续向北进发了。

这是继攻打福州之后中革军委在战略指导上的又一次重大失误。既然是要我们配合中央红军主力的战略转移，起战略牵制作用，就不必机械地限定到皖南去，何况皖南暴动已经失败。如果当时让我们先在闽东、闽北地区活动，打几个好仗，更大规模地发动群众，把闽东、闽北连成一片，然后跳跃式地向浙西和皖南发展，倒是可以吸引和调动更多一些敌人的。

部队自出动以来，不仅外有敌人围追堵截，内部也出现了严重困难，军团主要领导成员之间的矛盾日益尖锐起来。首先是乐少华同志一味盲目地执行中革军委的命令，拒绝结合实际的积极建议，而且专横无忌，对寻淮洲同志极不尊重，一开会就吵架，天天如此，几乎造成指挥上的瘫痪。与此同时，曾洪易则愈益暴露出严重的恐慌动摇，在水口遭到敌机袭击时，他吓得脸色发青，嘴唇颤抖，一到闽北就提出要到闽浙赣大苏区，并直接发电报要闽浙赣军区派部队来接。他的主张受到寻淮洲和大部分同志的反对，中革军委在回电中也对他做了批驳，以后他就更加消极对抗，竟要求离开部队。军团领导中这些极不正常的状况从根本上说，是"左"倾宗派主义的必然恶果。它给我们这支深入敌区、独立行动的部队，带来了难以言喻的困难。

我们到闽北苏区时，从瑞金出发已近两个月，超过了中央规定到达皖南的限期，如果继续进军，本应向皖南疾进，但中革军委来电指示要我们在浙江执行两项"中心任务"。（1）继续对进攻我赣东北红十军及闽北苏区的敌人后方进行彻底的破坏。（2）在闽浙赣边境广泛开展游击战，创建新苏区。对于破坏敌人后方交通，要求首先破坏龙泉、浦城、广丰、玉山间的公路、交通工具及电话线，进而破坏兰溪、衢县、江山、玉山间的铁路、火车站，以及玉山、常山、江山之间的公路，对于原来赋予的去皖南的任务未做任何说明。

9月9日，我们离开闽北苏区，北上浙西。这时，中革军委又不顾当前实际情况，多次来电批评我们"对保安团畏惧其截击是不对的"，"不须以急行军增加病员与疲劳，每日行二三十里"，等等。于是，我们一面对付敌人日益加紧的围追堵截，一面深入敌后进行破袭活动，经江山县之二十八都、仙霞岭、石门，9月13日攻占清湖镇，消灭了敌浙江保安团的一个营。接着胜利渡过江山河（即江山港），进行炸桥破路，给了敌人一定的威胁和打击。但是，限于当时的群众条件和装备、技术等条件，要按照中革军委要求在广大地段上破坏铁路、公路是办不到的。

9月15日，我们进到江（山）常（山）公路的大陈地区。在大陈打垮了敌浙江保安第三、四、六团各一部共7个连的进攻，并一度攻入常山县城，缴获一批物资和现款。其后便经招贤、上方镇继续北上。

浙江是蒋介石的老巢，反革命的社会基础雄厚，保安团较强，保甲制度较严密，交通与通信便捷，敌人能及时掌握我军行动情况，从各方面调动部队围击我军。我们却只能机械地按照中革军委规定的时间、地点、路线、里程慢慢地走，差不多天天要打掩护仗、遭遇仗，虽然也取得了不少战术性的胜利，但整个处境却越来越被动了。那时候，还有一个很实际的问题，就是没有根据地或游击区做依托，有时即便有了战机，大一些的仗也不敢打。到处是反动统治势力，没有群众基础，一仗打下来，伤员无法安置。抬着伤员行军打仗，是非常困难的。一个伤员要两个战士抬，还要一个战士替换，长距离抬下去，就削弱了部队的战斗力。但无论如何也不能把伤员丢了，那是革命军队所绝对不允许的。

正当我们艰苦转战浙西的时候，中革军委9月17日来电命令我们，在未执行军委给予的破坏杭江铁路及附近公路的任务前，禁止继续北进。第二天又来电令我们"应即向遂安前进，以袭击方法占领该城，并确保于我军手中"，规定我们以遂安为中心，于安徽边境的淳安、寿昌、衢县、开化地区开展游击战争，建立苏区，而后再向浙皖边境之歙县（即徽州）、建德（今梅城）、兰溪、江山、屯溪地域发展。

中革军委的一系列批评和指示，特别是要求我们以遂安为中心建立苏区的指示，使我们困惑不解，因为它完全脱离我们当时的实际情况。遂安位于新安江上游，距杭州约200公里。这个地方虽是山区，但处于衢江、兰江、新安江三角地带，江水较深，汽船可以通到建德、兰溪，还有浙赣铁路和公路干线，敌人交通方便，这样的地形，对我军机动十分不利。那里地瘠民贫，居民多以竹木为生，产粮很少，解决部队给养困难。特别是当地没有我们党的工作基础，相反的是赣东北逃亡地主聚居之地。不论政治条件和自然条件，以遂安为中心建立根据地显然是不适宜的。

就在这时候，敌四十九师、浙江保安第一、二纵队以及新增调来的补充第一旅王耀武部，从几个方向加紧对我追击和"围剿"，企图切断我前进道路，合击我军。面临严重敌情，我军处境危殆。为了避免全军覆灭之祸，我们只得不顾中革军委的一再指责，转向皖赣边行动。

9月30日，我们到达皖赣边之段莘（婺源县北）地区，这里距原定最后目的地皖南已经不远。这时我们才知道，皖南几个县的暴动早已失败，有些干部和群众分散活动在山里面，继续坚持斗争。我们在转移的路上，碰到皖赣特委和当地游击队的领导同志。按照他们的意见，我们继续西进到黎痕地区。

皖赣边和皖南，比我们所经过的浙赣边、浙西的条件要好些。在地形上，皖赣边有凫山、白际山，皖南有黄山，既有大山区，又有丘陵地，河道可以徒涉，便于我军隐蔽和机动；经济上比较富裕，有利于解决部队的粮食供给；文化教育也比较发达，稍大点的村子大都有报纸，便于我们了解形势动向；特别是有党的工作基础和影响，群众条件比较好。这里所处的地位也很重要，向东北可以威胁芜湖、南京，向东可以威胁杭州。我们准备在这个地区停下来，开展游击战争。

我们先后在查湾、流口、鸦桥、黎痕等地进行了几次战斗，打退了追击和堵截之敌，消灭一部分敌军，缴获一批武器。皖赣苏区给我们补充了500名新战士。在经历了浙西一段困难之后，这时部队又开始出现了好的转机。

在此期间，军团领导曾向党中央和中革军委建议在皖赣地区开展游击战争，与当地党和游击队密切配合，争取在休宁、婺源、祁门一带消灭尾追之敌，以扩大皖赣苏区，寻找有利时机再入浙行动。还根据战斗连队很不充实的状况，建议将部队整编为四个营，精简机关，充实连队，以便机动作战。还向中央和中革军委建议，在敌人严重进攻的情况下，允许我们机动、自主地解决许多问题。军团的这些建议，符合当时实际情况，但未获批准。

10月15日，中革军委来电，令七军团转移到闽浙赣苏区整顿补充。军团研究之后，认为皖赣边有发展条件，而进出闽浙赣苏区要通过几道敌封锁线，因此，17日向中革军委去电请示，如我们今后仍须去皖南，则不如不去闽浙赣苏区，以主力向皖南游击区（石埭、太平、祁门、休宁等县之间，中心区在雷湖、柯村）行动。18日中革军委复电同意。

但21日又接中革军委电令，七军团仍要去闽浙赣苏区。我们遵命立即向闽浙赣苏区转移，经浮梁、德兴之间，通过两道敌封锁线，进入闽浙赣苏区之重溪地区。

闽浙赣苏区，是方志敏同志领导创建的著名的老苏区，胜利地粉碎过敌人的多次"围剿"，红旗一直在这里高高地飘扬着。我们到达苏区时，方志敏同志亲自到驻地看望我们，他是那样的亲切恳挚，平易近人，第一次会见，就给我们留下了深刻的印象。苏区的革命群众都以极大的热情迎接我们，用尽可能筹集到的物资来慰劳我们。群众称我们这支历经风霜的子弟兵为"老十军"。（1933年1月，闽浙赣苏区的红十军调到中央苏区，成为红七军团的主要组成部分。闽浙赣苏区随后又成立了新的十军。）在党和人民的亲切慰问下，四个月来的艰辛劳累，顿时一扫而光，部队情绪迅速振奋起来。

七军团自瑞金出发到进入闽浙赣苏区，转战闽、浙、赣、皖四省的几十个县镇，历时近四个月，行程3200多里，尽管受到王明"左"倾错误的指导和曾洪易、乐少华的直接干扰，但是，全军团广大指战员以坚韧不拔的革命意志和勇敢顽强的战斗精神，排除了一个又一个艰难险阻，连续行军作战，深入敌人腹心，击退了敌人无数次的截击、追击和"围剿"，打了一些胜仗，粉碎了敌人消灭我军的企图。我们沿途还尽可能地开展群众工作，宣传党的抗日救亡主张，扩大了党和红军的影响。部队虽然战斗和非战斗减员较大，但沿途陆续给各游击区留下了 1000 多名军事骨干力量，到达闽浙赣苏区时还保持了 3000 多人。七军团孤军转战敌人后方，是起到了它的积极作用的。广大指战员用血汗写下的这一段战斗历程，是不容抹杀的。

告别中央革命根据地[*]

童小鹏

我是福建长汀人，1930 年 6 月参加毛泽东朱德领导的红军第一军团以后，一直到 1934 年 10 月开始长征，四年多的战斗岁月，主要是在江西这块美丽富饶的土地上和勤劳勇敢的江西"老表"（对当地人民的亲切称呼）战斗生活在一起，从而建立了深厚的阶级感情，和亲密的兄弟姐妹关系。我和许多从福建走出来的红军指战员，一直把江西当成我们的第二故乡。

1934 年 4 月，敌人集中 11 个主力师，在飞机大炮的掩护下，集中向江西广昌城进攻，我军虽然英勇抵抗，打了18 天，结果损失很大，广昌还是失守了。接着，又实行"六路分兵""全面抵抗"。我们一军团 4 月"保卫广昌"后，5 月又跑到福建去"保卫建宁"，7 月又去"保卫长

---

[*] 本文原标题为《告别老家——中央革命根据地》，收录时做了适当修改。

26

汀"，9月又回到江西"保卫兴国"，结果都没保住，而且损失很大。我当时在一军团保卫局工作，过去每打一次胜仗后，同政治部一道要处理俘虏官兵，工作忙得很，但自从第五次反"围剿"以来，因俘虏少，就不忙了，为了处处防守，所有机关人员都要去修堡垒，筑工事。由于我们没有飞机大炮，子弹也很少，敌人的堡垒又较坚固，他们一缩进"乌龟壳"就没办法，而我们的堡垒工事又很不坚固，敌人先用飞机炸，再用大炮轰，很快就垮了，伤亡很大，还得撤退。

当时，我们一般干部，根本不知道中央内部有路线斗争，但从第四次反"围剿"以来，没有看到毛泽东同志上前线，只在后方搞农村调查，特别是第五次反"围剿"以来，听说是一外国高鼻子（指李德）在指挥，打法同过去不一样，部队打得紧张疲劳，不仅没有获得大的胜利，反而兵力消耗很大，根据地日益缩小，物质供给越来越困难，不免发生怀疑，可是由于组织纪律约束，又不能随便谈论。红军指战员历来对革命的前途是乐观的，相信党中央是有办法克服困难和战胜敌人的。

到了1934年10月初，感到形势更紧张了，一军团固守兴国附近的阵地不断遭到敌人飞机大炮的轰击，6日晚，得到上级命令，把阵地交给友军防守后即往南面于都方向撤退，9日到达于都东北宽田一带集中，军团司令部及直属队住在铜锣湾。

一到铜锣湾后，司令部通知在此休整，这是第五次反"围剿"一年来很少的好机会，大家以为这一下子可以好好休息休息，以消除几个月来东奔西跑的疲劳。可是接着又通知要打到敌人堡垒封锁线外面去，准备反攻。大家听了当然很高兴，可以脱离敌人"乌龟壳"的包围圈，在运动战中消灭敌人，也可以到白区打土豪改善伙食多分点伙食尾子了。这是红军指战员早就希望获得的机会，于是疲劳很快消除了，把身上的泥垢和脏衣服洗净了，赶快抓时间打草鞋、补衣服。这时供给部又送来一些衣服被单和群众慰劳的布草鞋，自然首先发给困难的同志，同时给战斗部队补充了新兵和子弹。紧接着党支部召开支部大会进行动员，说明这次反攻的意义，发扬艰苦奋斗不怕牺牲的精神，准备走夜路，爬大山，打大仗，党团员要起模范作用。党员们都表示为了保守军事秘密，不去打听这次转移到哪些地方，从哪里开始反攻，就连我们的局长罗瑞卿也是不知道的。但我们估计，可能是广东方向，因为东面和北面，敌大军已压境，西有赣江阻隔无法渡过，只有广东方面的防线比较薄弱，广东军阀同蒋介石有矛盾，不愿替蒋同红军拼消耗，而且同我党还有些统战关系，只要我们不打到广东，他们是不积极反共的。可是打出去以后又怎么样，什么时候能打回来，恐怕中央领导同志也还要看形势的发展再定吧！

在铜锣湾休整了六天，一切准备就绪，大家的米袋子灌得满满的，精神抖擞地准备迎接新的战斗任务了。

15日晚，司令部的命令下来了，明天下午出发，上午做好一切准备工作，各部队要严格按照"三大纪律八项注意"的要求进行检查，出发前要向地方干部和群众告别。

16日上午，一切准备工作都做完了，把驻地群众的家里和门院打扫得干干净净，水缸也挑满了水，有些同志还专门割了一捆草送到牛棚里"慰劳"黄牛哩！群众则一再感谢红军，妇女们一再检查红军的衣服哪里还有一些破绽，想给他们缝上几针，青少年们则围着"红军哥哥"一起唱革命歌曲，希望打了胜仗就回来同他们一起开庆祝大会。

为了避免敌机的侦察，到下午5点才出发。部队整齐地前进，群众热烈地欢迎，和往常出发打仗时一样，并没有异常的感觉。

第一天只走了30里，到山王坝宿营。第二天，还是晚饭后出发，到于都河（贡水）边已经黄昏，因工兵早已架好浮桥，很快就渡过了，经沄头到下油宿营，共走了70里。第三天，照例晚饭后出发，走了45里，到达龙屋宿营。

行军三天了，原以为只是作战部队的行动，所以没有特别的注意。可是今天情况大不相同了，听说不仅是一、三、五、八、九军团一齐出动，而且中央、军委包括所有后方机关也一齐出动了，除了大批骡马、公文、银圆担子外，还有大批民夫抬着担架、机器……实行大搬家了。一军团、三军团分左右两路为军委纵队开道，五、八、九军团在后面打掩护。现在才知道，这次行动不像过去的战斗行动，打了胜仗就回到老根据地休整，而是要离别经过几年流血牺牲建立起来的中央根据地，离别同红军血肉相连的闽西、赣南的父老兄弟姐妹们！为什么要这样做？这样做对吗？这样8万多人的队伍和机关在一个方向行动怎样走得通？碰到敌人怎样打仗？怎样能避免敌人的飞机轰炸？是否毛主席也同意这样做？一系列的问题在同志们的脑子里打上问号无法解决，但是大家都坚决服从上级命令，不怕困难地前进，坚决相信革命总是要胜利的，中央根据地的革命人民总是要坚持斗争，要争取最后胜利的！

10月19日，白天照样地休息、睡觉，下午5点半吃饭后出发。可是同志们的心情就同前几天很不一样，因为从今天起，就要离开我们的老家，离开这块用流血牺牲换来的自由乐土，离开我们熟悉的山山水水，离开数百万共同奋斗的兄弟姐妹。开始经过游击区进入敌占区了，当地群众的表情也不一样，他们想到红军离开后，国民党反动派和地主武装就要来屠杀他们，他们所得的土地革命果实就要丢失，他们是多么期望红军能早点回来啊！

晚饭后，预备号和集合号从各连队、机关陆续吹起，各自集合自己的部队。荷着枪的战斗员、挑着担子的运输员炊事员，都迅速地排列着整齐的队列，精神抖擞整装待发。当地的群众也陆续聚集在道旁，露出惜别的表情，用希望的目光注视着他们自己的队伍。

保卫连的政治指导员开始进行政治鼓动了，他用浓重的江西口音高声地讲着："同志们，今天我们继续出发，因为要避免敌机轰炸，所以今后一般都要夜行军。今天要走山路，又没有月亮，所以大家要一个一个地跟上，不能掉队。……今天到的是游击区，有'铲共团'活动，所以更不能掉队。我们要反对个别的动摇分子逃跑。有人以为我们暂时离开根据地，就是放弃根据地，这是错误的。我们这次行动，是暂时离开根据地，不是放弃根据地，相反的，是为了保护我们的根据地。为了保卫我们的民主政权，保卫姐妹不被敌人残杀，我们要坚决勇敢地打到敌人堡垒的后方去，把侵占我们根据地的敌人调出去，消灭他们，就可以收复我们的根据地。要反对任何的动摇和逃跑。"

话讲完了，他就指挥大家唱《直到最后一个人》，整齐嘹亮的歌声就在百多名战士中唱起来了。

神圣的土地自由谁人敢侵？
红色政权哪个敢蹂躏啊！
铁拳等着法西斯的国民党。
我们是红色的战士，拼！
直到最后一个人！

歌声结束了，战士们斗志昂扬地列队前进。

在进行中，同志们不时依依不舍地回顾老家的山林、村庄、兄弟姐妹及一切的一切……

越走越远了，天也慢慢地黑了。前面的部队不久就把"剿共团"消灭了，进入敌占区。两天后，又从赣州、南康、安远之间突破广东军队设防的第一道封锁线，接着就走了漫长的艰苦的征途。

有谁想到，这一次转移就走了二万五千里，从福建、江西转到了遥远的陕北。

有谁想到，中央根据地从此就遭到了国民党反动派烧光、杀光、抢光的残酷摧残，经过极度艰苦的 15 年岁月，他们的兄弟（有很多已成为有名的战将）经过抗战后，又被迫进行了三年解放战争，才率领强大的人民解放军打回老家来。

历史的现实，完全证明当年红军指战员的坚强信念是正确的：毛主席的正确路线一定会胜利，革命一定会成功，人民一定要解放！

告别于都河

耿　飚

中央红军从 1933 年 9 月开始的第五次反"围剿"越战越艰难。根据地在一天天地缩小，尽管上级一再强调"决死一战""奋力反攻"，战局仍然不见起色。我们死守在那些堡垒里，眼看着敌人的气焰越来越嚣张。涂着"青天白日"机徽的国民党飞机，肆无忌惮地在"红都"瑞金上空投弹扫射；有时，它们还扔"传单炸弹"，"劝降"书纷纷扬扬，像秋天的落叶般满天飘落，战士们气得掉泪，但只能对着飞机骂一通解恨。

昔日的根据地成了反动军队横行霸道的地方，他们大肆搜捕红军伤病员，屠杀拥护红军的群众，摧毁红色政权，苏区一片狼烟。土豪劣绅的"剿共团""蓝衣社"等顽劣势力，乘机四处活动，倒算人民的胜利果实。群众都到红军阵地上打听消息：红军下一步怎么办？那种担心与信任、不安与希望掺和在一起的复杂感情，使我们更加焦急与困惑。

过去，红军也有失利的时候，但那时总是能及时地听到上级指示，包括对形势的分析和对困境的决策，每一项明确的指示都给指战员带来信心和力量。但这一次，一道道命令只是"死守"。结果是越守阵地越小，战士们辛辛苦苦修起来的堡垒，敌人一炮就给掀翻了。就这样被动、挨打，处处失利。"左"倾机会主义路线由军事冒险转为实行消极防御的保守主义，使红军遭受了重大损失。

　　根据地本来就是穷苦的边区，红军十万人马云集在这里，坐吃山空。过去外线作战筹来的粮、款用完了，只好与群众一起勒紧腰带过日子。伤病员在增加，武器弹药在消耗，却得不到补充机会。为了保存革命力量，红军不得不进行战略转移。

　　经过将近一整年的艰苦战斗，到 1934 年 9 月下旬，我们奉命脱离阵地，集结于于都一带休整。当时并不知道要进行长征，更不知道要花上一年的时间，走过二万五千里艰苦绝伦的征程，但种种迹象表明，红军要有大的行动。师部不断通知我们去领棉衣，领银圆，领弹药，住院的轻伤员都提前归队，而重伤员和病号，则被安排到群众家里。地图也换了新的，我一看，不是往常的作战区域，这说明，部队要向新的地域开进。

　　但是，上级要我们做上述准备工作的时候，都没有讲明原因，甚至在下发地图时，连个简短的说明也没有。战士们在猜，连我们当团长、政委的也在猜。杨成武同志实在憋不住了，便给师政委刘亚楼同志打电话，他们俩是同乡，彼此间比较亲密，所以他想通过这个途径"套"出些端倪来。哪知，刘政委在电话里严肃地说："你这个同志哟，年纪不大，心眼不少，叫你待命你就待命呗，打听那么多干哪样嘛！"

当时我正害疟疾，一发作就是高烧、寒战。卫生部队姜齐贤给我检查病情，抽血化验后，与陈光师长商量，建议把我交给群众养病。

我十分着急。部队要行动，我这当指挥员的，怎么能留在后方？于是就给姜齐贤同志打电话。我们是同乡，加上我"俘虏"过他的那层特殊关系，彼此交谈一向不用客气。我在电话里直截了当地质问他："姜胡子，你搞的什么鬼嘛？"

他一听就知是因为让我离队养病的事，解释说："耿团长，现在药品太缺乏了，我怕你吃不消，你的病太重了。"

我问："病到什么程度？不就是打摆子吗？"

他耐心地说："打摆子与打摆子不一样。疟疾是由疟原虫感染引发的，有的疟原虫是一天发作一次，有的是两天发作一次，有的不定时间就发作。你现在身上什么样的疟原虫都有……"

我不听这些病理讲演，打断他说："什么疟原虫，见鬼了！我反正不能留在后方。"

之后，我趁陈光师长和刘亚楼政委来检查出发准备的机会，"软缠硬磨"，一再表示我能顶得住，他们才同意了我的请求。

记得当时还发了很多鞋子，有布鞋，也有草鞋，这表明要走很多的路。由于在于都补给我们一些新同志，发放的棉衣和鞋子不够数，我就没有领衣鞋。那时总觉得要出去打几仗，而打仗总会有缴获，谁知竟是一去不回了。后来，我是靠打"税警旅"时缴获的一双胶鞋，走过二万五千里长征的。

命令终于下达了，任务是"转移"。陈光师长交代给我的前进路线是由于都向临武、蓝山一线夜行军。

作为"万里长征第一步"，现在想想真是平淡无奇。我和杨成武政委、李英华参谋长像往常出发那样，到各单位驻地检查了群众纪律，还与当地苏维埃的同志们谈了些天气、收成等家常话。驻地的群众看到部队开始上门板、捆铺草、打背包、裹绑腿，知道红军要打仗去了，纷纷前来话别，还有几位江西籍红军的新婚不久的妻子也来送别，大家便乘机与他们开些玩笑，闹得新娘子成了大红脸，赶紧离去，躲得远远地望着我们出发的队伍。倒是苏区的姑娘比较开通，她们把绣好的荷包呀、炒好的瓜子呀什么的，追着战士往手里塞；胆子更大些的，干脆跟着战士走一程，问他"叫什么名字？""哪里人？""能立功当英雄吗？"这下该那些男子汉害臊了，脸上红一阵白一阵；姑娘们便嘻嘻哈哈，三五成群地唱起"红军哥哥打胜仗，哎呀，妹等哥哥快回来……"

特别使我难忘的是我团特务连一位姓谭的排长，由于眼睛被敌机炸伤，只好安置在根据地的一户赤卫队员家里。那天他也由房东阿妈扶着，在路边摸索着与战友们一一握别，并且一再要求要与我说几句话。当他摸到我的胳膊时，竟控制不住，失声哭起来。

我安慰他："谭伢子，莫要这样嘛！我们十天半月就会回来的。"

他却预感到什么似的，呜咽着对我说："团长，记住我是浏阳县的，你们回来如果找不到我，就到老师长徐彦刚同志那里去找我……"

我说："怎么能找不到你呢，团里有登记嘛，你安心养伤吧。"

我又向房东阿妈拜托了一番，并让警卫员杨力同志从我的公文箱里拿出几块光洋交给她，让她设法给伤员买些药和营养品。

老阿妈也是眼含泪花，说了句"放心"，就哽咽着说不出话来了。

我上马出发后，不由得又望了谭排长一眼，只见他撕扯着满头绷带，似乎一定要看一眼战友们，但被群众劝住了。几十年来，这个印象一直在我的脑海里萦绕。他与我告别的话，不幸言中，我再也没回江西苏区根据地，而我们的好师长徐彦刚同志，留在湘赣边界坚持斗争，后来也牺牲了。算起来，原红三军九师的同志，现在幸存的不过十几个人了

从于都出发那天的月亮又大又圆，是个"望"日。可

见，现在大家说的长征出发日期——10 月中旬，正是阴历的月半。出发时，我们二师走在全军右翼的最前面。通过出发线不久，各路大军便渐渐汇集到一条道上来了，队伍拥挤在一起，走走停停，显得有些紊乱。停的时间长了，有人便靠在路边打瞌睡。我们几个团的领导便前前后后地嘱咐各级指挥员加强指挥，以免拥挤中插到别的部队中去。

半夜时分，一位师部通信员送来命令，让我们离开军团行军序列，以最快的速度直插于都河，在那里过桥后，立即向前延伸警戒，作为师的前卫团开路前进。随命令还附来了注记好的地图；图上没标敌情，只有行军方向。这说明，前方尚未侦察。这个决定也许是临时做出的。

我们立即派出"前兵"，由通信主任潘峰带十几匹快马先行，沿途侦察警戒，以防不测。

全团从稻田、山丘中取捷径奔向于都河。离开了各路人马汇集前进的洪流，那种举着火把、长龙似的奔向渡口的热闹景象看不到了，只听得萧瑟秋夜中到处是踢踢踏踏的脚步声，偶尔有一声战马的嘶鸣从夜雾里传出，使这次行军更带上了神秘的色彩。

于都河渡口已经架好一座浮桥。我们到达桥头时，军委工兵营营长王耀南同志正在指挥战士们加固桥身。要知道这是用以通过几万人马的唯一通道啊！

军委作战部留在王耀南同志那里一个便条，大意是：勇部（"勇部"是红四团代号）到达后立即过桥，不得延误。

其他人员待"勇部"过完后再过。

王耀南同志告诉我，这座桥晚上架起，白天拆掉，以防敌机轰炸。驻在于都河附近的一些伤员、病号和机关的工作人员，得到消息后已经提前行动，涌到桥头，军委正在设法调整秩序。那些步履艰难的伤病员，一看来了主力部队，纷纷围上来打听各自的所在单位。大批苏区派出的民工，挑着、抬着一些笨重的机器、箱子、坛坛罐罐、成捆的纸张、书籍，还有火炮部件，与作战部队一道，拥挤在窄小的木桥上。那座用小船、门板、杉杆架成的浮桥，在奔腾的河面上摇摇晃晃，吱吱作响，真有"不堪负担"之感。

我在桥头观察了一会儿，发现这样你拥我挤，既危险，又不方便。便组织几个人，拦住那些"杂牌军"，对他们解释说："同志哥，我们是前卫，让我们先过，好给你们开路呀!"

我也大声宣传："大家别急，把桥让出来，部队过得快，用不了多长时间。"

同志们都自觉地停住了。一位拄着拐的老大姐（我记不清是哪位了），肩上挂了个印花包袱，灰军装洗得发白，帽上的五角星却是鲜红的，一边喘着气捶自己的腰，还一边与我开玩笑："耿猛子啊! 我走不动呀，不让我们'笨鸟先飞'，我可怎么追你们哪?"

我说："那你找后卫部队去呀!"

于是大家都笑了。

桥让出来了，部队成两路跑步通过。我与杨成武同志走在最后，牵着马边走边说："看到没有！都出动了。""看来，这不是一般的转移。"

过桥，上马，我们向部队前方急驰。部队很快就在融融的月色里，走上了崎岖的山路。派往师部报告我们行踪的通信员很快也归队了。没有新的情况传来，上级的命令只是一句话：往前走。

潘峰同志也从前面传来情报：部队进入偏僻的山区，周围没有敌情。

山路崎岖，月亮被整座大山遮住了，看不清路面，不断有人摔倒。我们便下令："亮起火把，快速前进！"

山坳里立即出现一条蜿蜒的长龙，我借光看一下地图，发现我们快走出根据地了。"长龙"一会儿从"腰"里断了，那是通过树林；一会儿弯向天空，那是尖兵在爬山；一会儿，火把聚成一团，那肯定是遇到障碍，正在组织排除。

几个江西籍的战士悄悄地问："团长，这是要到哪去呀？"

"转移，打敌人去呀。"我能回答这些"同志哥"的，也只有这句话。大家不再问什么，只是走呀，走呀……

路漫漫

杨得志

赣南的 10 月，晨风晚露，秋寒袭人。连绵起伏的山恋和田野上，除了常青的老松古柏之外，翠竹野草已开始变黄，山坡村头的油茶花也随风凋谢了，使人有一种恍惚若失的无名惆怅。

当时我们住在于都东面的梓山一带，离中央领导机关所在地瑞金的沙洲坝和叶坪不远，大转移前的某些现象和情况，大家看得见听得着。不少群众和区、乡苏维埃政府的干部以及战士家属，纷纷来部队打听消息，寻问前方战况。那种担心与信任、不安与希望交织在一起的复杂感情十分明显。这一切使原来情绪就不很稳定的部队，更有些动荡了。面对这样的形势，上级却几乎没有什么指示。过去几次反"围剿"中，红军也有处于不利地位的情况，但那时上级的指示及时、具体，指战员们对敌我动态和战争发展的趋势是明确的。而现在不要说战士同志，就是我们干部也相当焦躁、烦闷。

我和第五次反"围剿"后期调来的团政治委员黎林同志，进行过多次交谈。从部队情况谈到整个战局，从某些令人疑惑的动态谈到难以预见的未来。总之，越谈越感到形势严重。在这样的情况下，要把有着光荣历史和优良传统的红一团带好，担子很重，又责无旁贷。我们几个团职干部都感到自己的力量毕竟有限，应当依靠全团的党员、干部，在全体同志中间开展深入细致的思想政治工作，使大家牢固地树立起对敌斗争必胜的信念。

经过近一年"死打硬拼"的反"围剿"斗争，红一团减员不少。虽然随打随补，但狮子岭一仗下来，全团总兵力已不满1500人了。作为一个主力团队，人数显然是少了一些。于是，我和黎林同志商定，趁部队在梓山一带休整的机会，通过地方政府争取补一部分新同志来。当时，于都和瑞金两个县的各级政府，在处境很困难的条件下，为了扩红，动员了不少青年来到我们部队。也就在这段时间，师部给我们拨发了一些红军自己造的子弹。团里抓住这两件事，在全体同志中进行了一次教育。主要是稳定部队的情绪，提高斗志，准备迎接新的战斗任务。那些天，黎林同志和我分别到各营去做动员，参加战士的讨论会。黎林同志虽然平时话不多，但战士们觉得他的话句句在理，都喜欢听他讲话。这时候，基层干部和老战士们看到我们团里补入了新兵，又补充了弹药，团里的领导干部还不断地深入连队，他们的情绪便有了明显的好转。部队情绪好转之后，干部战士开始打听部队下一步的任务是什么了。然而，他们哪里知道，就是我和黎林同志也不知道部队下一步的任务是什么呀！

部队进行教育的时候，红一师师长李聚奎同志来到了我们团。李聚奎同志性格开朗，直言快语，和各级干部以至战士同志的关系都不错。当听说我们红一团的总兵力已经增到1700多人，弹药又得到补充，特别是部队政治情绪比较旺盛，求战情绪逐步高涨的时候，他很高兴。可是当我们询问他部队下一步的任务是什么的时候，他的表情变得异常严肃，沉默了好一阵，才以"听有的同志讲"为引子告诉我们：敌人已经占领了瑞金的邻县石城；中央政府的"金库"（那时人家习惯地把机关集中存放贵重财物的地方叫金库）已经开始转移，有些银圆可能要发到部队分散保管；中央医院在动员轻伤员归队，而一些重伤员则将被安置到群众家里。李聚奎同志讲了这些情况后，看了看黎林同志，又瞅了瞅我，然后压低声音说："看样子，部队可能要有大的行动。"

这虽然是预料之中的消息，我却仿佛感到了"大的行动"的真实含义，但我还是怀着胜利的希望，禁不住激动地问："要打出去吗？方向是哪里？"

李聚奎同志摇了摇头，苦笑着说："这只是我个人的分析，上级还没有明确指示哪！"

"那就不好对部队做什么动员了。"一直沉思着的黎林同志自语般地说。

李聚奎同志点点头，神态又变得严峻了："这些情况你们两个知道一下，思想上有个准备就可以了。先不要对下面讲——总的情况我也不怎么清楚！"他返回师部前又特意对我们说，"革命即使遇到了暂时的困难，我们党员干部也要挺住，要把部队带好！"

10 月中旬的一天，我和黎林同志正在研究部队情况，团部侦察参谋肖思明同志手里拿着一卷地图跑过来，说是刚从师部领来的。我问："什么地区的图？"

肖参谋把地图放到桌子上，说："湘南的。"

我又问："师里有什么交代吗？"

肖思明同志那时只有十七八岁，因为年龄小，又姓肖，所以大家都习惯地叫他"小"参谋。他听我这么一问，好像对师里有什么意见似的说："这些人只管发图，别的什么也不讲。"

我和黎林同志看到，这是一些从敌人手里缴获的十万分之一的军用地图，图纸上标明的地域是鄱县、桂东和汝城一带。部队下一步要打到湘南去吗？看来是的。但是，以往每次发地图下来都有个具体交代，这次却没有。几天过去了，仍然没有一点行动的信息。这是为什么？真叫人纳闷！不过，从种种迹象来看，我们在梓山一带停留的时间不会太多了。这时，我又想起了李聚奎师长"要有大的行动"的话，情不自禁地挂牵着正在病中的周贯五同志。

于是，我对黎林同志说："看来这次行动规模不小。周贯五同志又病成那样，万一部队马上出发，怎么办呢？"

"我也想过这件事。"黎林同志说，"不管情况怎么样，我们都应当带他一起走，不能丢下他。你看是不是先征求一下他本人的意见呢？"

我点了点头，说："要征求一下他本人的意见，但是我们要劝他同大家一起走，不能留下来。不然……"

我的话没讲完，黎林同志马上说："好，好！"

当天，我便跑到周贯五同志的住处，一进屋，我就发现他那本来就比较单薄的身子，这一病，显得更瘦弱了。可他一看到我，就激动地问："有什么好消息吗？"

我尽管理解他的心情，却很难直接回答他的问题，因为我这里确实没有那种能够使他高兴的消息，于是只好问他："这几天身体怎么样？"

"唉，真是急死人了——药物奇缺！"他手一摆，又问，"你说说，部队的情况怎么样？"

我只好把师里最近配发地图，部队可能很快要行动的情况讲了一遍。周贯五同志听了之后，好一阵没有说话。看得出，他的内心很不平静。我没等他开口，又赶紧补充道："我和老黎商量过了，要走，咱们一起走！"

周贯五同志是个细心人，眼下的形势他不会看不出来，我的意思他自然明白。这时，他摇了摇头，踱着慢步，仍然一句话也没说。然而，当我们两人目光相遇时，他突然开了腔："部队要打仗，形势又是这个样子，你和老黎的担子够重的了。我帮不上忙，再去拖累你们和同志们，这……"显然，他不忍心这样，"啊，关于我嘛，过一段时间再说吧。"他停了停，语气变得异常坚定，"实在不行，我就到卫生部去，跟伤病员一起走！"

"那怎么行？"我说，"卫生部大部分是伤病员，照顾起来更不方便。不行，不行！"为了打破这沉闷的气氛，我又笑着说："把你交给卫生部，万一部队向我要特派员，我怎么办？咱们还是一起走。走不动拿担架抬你，不愿坐担架，你骑我的骡子！"

周贯五同志一摆手，有点激动地说："那更不行。我不骑你的牲口。不骑！"

那时候团里只是团长和政治委员配有牲口。周贯五同志的心情我完全理解。我说："你放心，老黎，你，我，三个人两匹牲口，一点问题也没有。"

周贯五同志又不讲话了。

"好！"我说，"咱们就这样定了。"

两天之后，我们接到了渡过于都河的出发命令。战争年代，出发和上前线，上前线和打仗，几乎是同义语。以往，部队的指战员们听说要上前线，不用动员也会"嗷嗷"地叫起来。但这次出发，气氛却截然不同。虽然当时谁也不知道这是要撤离根据地，谁也不知道要进行一次跨越 11 个省的万里长征；谁也不知道此去什么时候才能转回来，但那种难分难舍的离别之情，总是萦绕在每个人的心头。

赶到于都河边为我们送行的群众中，除了满脸稚气不懂事的小孩子跑来跑去，大人们的脸上都挂着愁容，有的还在暗暗地流泪。老表们拉着我们的手，重复着一句极简单的话："盼着你们早回来，盼着你们早回来呀！"连我们十分熟悉的高亢奔放的江西山歌，此时此地也好像变得苍凉低沉了。

我难以忘怀的是，那些被安排在老乡家里治疗的重伤员和重病号也来了。他们步履艰难地行走在人群之间，看来是想寻找自己的部队和战友，诉诉自己的衷肠。我们团留下的同志，虽然黎林同志在出发前布置各单位专门派人去探望过，但这时，他们也都赶来了。这些同志伤势都很重，却一再表示要尽快养好伤，追赶部队，即使追不上部队，也要和群众一起坚持斗争，发挥红军战士的作用，绝不给红军抹黑。当时我想渡过于都河之后，一定要打几个漂亮仗，一方面鼓舞部队，一方面也给亲如父兄姐妹的根据地人民和留在当地的伤病员同志以力量，使他们更好地坚持斗争。我也想过，或许有的伤病员同志会赶上来，但是直至部队进入了湖南，我们团留下的同志中却没有一个能赶上来的……

全国胜利后，我到江西的时候，当地的同志曾给我介绍过几位当年留在根据地坚持斗争的红军伤病员同志，可惜我都不认识，而我提出寻问的几位同志，他们也全然不知。在漫长的革命征途上，有众多的英雄人物载入了革命史册被人们称颂，也有更多的同志同样做出了光辉的业绩，却没有留下自己的名字。但在象征革命胜利的红旗上，有他们赤诚的心，鲜红的血。没有他们，便没有我们这些幸存者。他们是更值得后人称颂和怀念的英雄。

长征路上第一桥

王耀南

　　随着敌人的步步紧逼，形势越来越不利了。1934 年 10 月上旬的一天，洪超师长和黄克诚政委把我和刘子明找到师部，洪师长开门见山地说：总部命令你们工兵营务必在 12 日午夜前赶到于都执行架桥任务。黄政委握着我和刘子明的手说："你们工兵营在山上修了几个月的工事，不畏艰苦，不怕困难，很好地完成了任务。这次你们去架桥，任务很重，时间又紧。希望你们做好政治动员工作，发挥党团员的模范带头作用，再打一个胜仗。"

　　我和刘子明按照首长指示，当即带领部队从高嘴出发，经三角地、谢地、驿前，当天晚上赶到石商宿营。行军虽然又累又饿，但一到宿营地，就像到了家一样，同志们放下背包就帮助老表扫院子、担水、劈柴。老妈妈拉着战士们的手问寒问暖，儿童团员也围了上来，要听红军叔叔讲战斗故事。等炊事员安锅做饭时，乡政府早已安排妇女们为红军战士们准备好了粮、菜和茶水，并给红军找了向导，征集来了军鞋和干粮。

第二天一早，我率部又从石商出发了。村里的老表们列在路旁为部队送行，许多老妈妈手臂挎着装满煮鸡蛋的小篮子，一个劲儿地往战士们的口袋里塞鸡蛋。随着战士们行进的整齐步伐，军民一齐唱起了共同杀敌的歌曲：

赤卫军和少年先锋队紧急动员起来，

武装保卫人民政权，武装上前线，

粉碎敌人大举进攻，

为了保卫土地革命，

整连、整营、整团加入红军。

经过几天的急行军，工兵营于 12 日按时到达了目的地——于都。

于都在江西省南部，是赣江东源贡水中游的一个县城。工兵营一到于都，早在城南河边的赖公庙等候的孙毅科长及另一位同志，见到我老远就喊："王营长，刘政委，你们可来了！"随后一一和我们握手。孙科长说："同志们都辛苦了！"我急着问："在什么地方架桥？"孙毅说："就在前面。你们先把部队安置好，再一起选择架桥点。"孙毅还告诉我：于都驻了机关，要注意影响。我和刘子明商量后决定：营部和指挥所就设在河边赖公庙里，并叫工兵二连连长梁玉茂在河对岸指挥，营部黄参谋长在河面上指挥。

孙毅亲自率领工兵营的连以上指挥员对架桥点、河川情况进行了现场侦察。结果查明：河宽600多米，水深1米到3米，最大流速每秒1.2米，河底为沙石。当时总部决定集中大部分工兵连队，在江西于都县花桥、潭头圩（龙石嘴）、赖公庙、大坪心（龙门山）、峡山圩（盂口）一线架5座桥。军委工兵营负责在赖公庙附近架桥。在军委工兵营上游架桥的是红一军团的工兵连队。这些桥要求能通过骡马和炮车，并要在10月16日午夜12点前架通。孙毅还说："为了防止敌机侦察，过早暴露目标和我军行动意图，要求架桥作业在午后5点至次日晨7点之间进行。"至于为什么那么仓促地放弃阵地防御工程的施工，到于都来架桥，孙科长讲："由于蒋介石的首席顾问塞克特策划了一个叫铁桶计划的战略方案。该方案是准备集中150万大军，先以30道铁丝网和相应的碉堡、火力攻势将中央根据地包围，然后逼近瑞金，进而围歼中央红军。在敌人包围圈未形成之前，红军必须立即突围。架桥任务非常紧急，不得以任何理由延误，否则……而且要绝对保密。"

当天下午，架桥开始了。在深水区，我指挥战士们用民船做桥脚，杉杆当桥桁，上面铺上门板，构成浮桥。在浅水区打木桩做桥脚。尽管主要架桥材料已经由总部作战局征集、准备好，但桥板、绳索等材料还缺很多。为此，营党委决定分工刘子明政委带领一个小组到老乡家里去征集。材料组出发前，刘子明政委对大家说："架 700 米长的桥，零星材料不零星。于都附近无树可砍，只有发动群众，到周围的老表那里去征集。我们来个比赛，看谁动员得好，征集得多。像扩红一样，既要数量多，又要质量好，还不能违反纪律。"

根据地的老表非常热情，只要说红军要用，不管他的材料是干什么用的，马上抽出来给部队送到。有个姓赵的老表听说红军要木料，就要拆瓜棚。当时南瓜还未完全熟，材料征集组的同志劝阻老表说："瓜还没有熟，瓜棚不能拆。"老表一听，啪的一下就把瓜藤扯断了，并主动把搭瓜棚用的木料扛到了河边，还特地为工兵营的战士们煮了一担南瓜汤。有一次，我正在指挥架桥，突然看到河滩上何立斌、刘调元几个同志和一个老大爷争吵，互相争抱几块木板。我当时心想，征集材料怎么能和老表吵架呢？连忙跑了过去，安慰老大爷说："老大爷，板子我们可以不要你的。"我的话还没说完，老大爷更急了："这位同志啊，你怎么硬是不通情理。红军战士前方打仗，连命都拿出来了，我献出几块棺材板算什么！"我这才明白，原来老人家把棺材板献出来了。我忙对大爷说："寿材，您老人家百年之后还要用的。我们的材料够用了，板子我们给您送回去。"老大爷说："扯谎！材料差得远呢！要不是红军，要没有苏维埃，别说寿材，我连饭都吃不上哩！"我说："好！这样吧，板子先放在您家里，等我们用时再到您家里去取。"老大爷生气地说："别看我曹老头七十多岁了，身子骨还硬着哩！还要活上十年八年。你们要不收这几块板子，就是说我不中用了。"我没办法，只好答应暂时收下这几块板子。曹大爷这才高兴地和战士们一起搬着板子送到桥头。曹大爷献出的不只是几块普通的木板，而是根据地人民支援红军的赤诚的心。我通过这件事向正在架桥的部队进行宣传教育，号召战士们向根据地人民学习。刘子明政委听到这个消息后，马上向上级做了汇报，并代表部队到县、乡工农政府表示感谢，对捐献材料的群众给予适当报酬。但群众拒绝接受任何报酬。刘政委只好把征集群众的材料清单告诉工农政府，请他们去做工作，把钱转交给群众。

为了按时完成架桥任务，大家想办法，出点子，边摸索，边实践，克服了一个又一个困难。开始架桥时，因河太宽，船进入桥轴线，指挥很困难。特别是夜间作业，指挥员的口令听不清，旗语看不见。为工兵营撑船的水手就给部队出点子：在每条船中间挂一盏马灯。如果船都在轴线上，各船上的灯就会连成一条线；哪只船没在桥轴线上，哪只船上的灯就会偏离一侧。这样，船到位没到位，一眼就可以看出来。水手的建议，大大简化了指挥手续，加快了架设速度。

总部首长和作战局的同志对架桥作业非常关心，经常亲临现场检查指导。14日，孙毅和总部作战局的同志陪同一位首长来到了架桥作业场。这位首长高高的个子，留着长长的胡子，原来是周恩来副主席。我和刘子明政委赶紧走上前去，向周副主席报告。周副主席仔细听取了架桥作业进展情况、部队的情绪以及根据地人民对部队的支援等方面的汇报，并一一做了具体指示。周副主席还巡视了各作业点，亲自视察现场，了解作业进度。巡视中，周副主席的警卫员魏国禄轻轻捅了我一下，悄悄地说："周副主席对你们的工作很满意。"这时，周副主席回过头来问道："曹老大爷的棺材板钱，他收下了没有？"我说："县政府已动员他收下了。其他的材料我们也已按价付了钱。"周副主席指着协助工兵营架桥的赤卫队员、船工以及给部队挑水送饭的老表们说："多么好的群众啊！"刘子明对周副主席报告说："我们将曹大爷的事迹向部队进行了教育，战士们都表示要向曹大爷学习，坚决完成任务。"巡视完毕后，周副主席还亲自规定了部队的过桥纪律和防空纪律，布置了遇到敌机袭扰时浮桥的疏散和撤收办法。

后来我才知道，这时周副主席已在于都住了20多天，工兵营架桥所需要的大部分材料是周副主席亲自指示征集的。根据周副主席的指示，工兵营研究出了疏散浮桥的具体办法。浮桥是由一条条船组成的，每条船在水中的位置，上下由锚控制，左右靠相邻的船制约。船如果锚定得好，一般的水流冲击，对它影响不大，船基本位置不会有太大变动。因此战士们力求使每条船的锚下正，这样系锚的绳子和水流保持平行。然后在系锚绳索和船固定处做上记号，疏散时解开绳子，船顺水漂离浮桥，结合时捞起浮标，找到记号，加以固定，然后把相邻的船连接在一起，浮桥又结合起来了。当时，总部规定：部队从16日开始，要每天在下午6点后至次日晨7点前通过浮桥。为此，工兵营的战士们白天把大部分民船从浮桥上撤下来，用几只船渡小部队和零星人员过江；下午四五点钟重新架通浮桥，供大部队通过。尽管这样，敌机仍然发现了我军在架桥。

17日，我接到军委作战科长孙毅让通信员送来的命令，勇部（红四团）到达后，立即过桥，不得延误，其他各部必须让路。命令到达后不久，红四团耿飚就率部急行军赶到。我命令部队和民夫让出桥面，让勇部过江。勇部过江不久，敌机就轰炸了于都桥。由于工兵营早已做好安排，桥及用于架桥的器材未受到太大的损失，但有些老百姓被炸死，许多房屋被炸毁。工兵营在修桥的紧张作业中，又抽出木工、瓦工帮助老表迅速修好了房子。当晚，一军团顺利地通过了于都桥。

18日下午5点多钟，我率战士刚刚将浮桥结合好，就听有人说："毛主席来了！"我一看，可不是嘛，毛主席带了20多个人，正朝我们走来。我和刘子明立即迎上前去，向毛主席敬礼致意。毛主席还礼后，亲切地和我们一一握手说："同志们辛苦了！"接着又问了架桥作业情况和部队执行纪律的情况，我向毛主席做了汇报。在问到材料的征集情况时，我向毛主席汇报说："上井冈山前，主席说：不能拿老百姓一个红薯。以后又规定了三大纪律、六项注意，我们一直是这样做的。损坏了东西，我们都按价赔偿。"主席听了微笑着说："打个比方吧，造一条船要100块大洋。你们把它搞坏了，他再雇工造船，一时不能生产，又不能饿饭，这样花掉30块钱。所以，要赔130块钱才对。以后遇到这种情况，要按实际损失考虑。"我心里暗暗想：主席考虑得真细啊！主席一边走一边亲切地和我们交谈着。当主席走到桥头时，问道："营长同志，现在可以过桥了吗?"我和刘子明立正敬礼答道："请主席过桥!"毛主席大步迈上浮桥，一边走一边对我说："一根篱笆三个桩，一个好汉三个帮。我们必须依靠人民群众这个桩，才能取得胜利。"我向毛主席汇报了我们架桥前在驿前修碉堡、筑工事的情况以及和敌人打阵地战、拼消耗的一些看法。毛主席耐心地给我们讲了不能搞碉堡对碉堡的阵地战的道理，给我们解释了运动战的原则，并对如何做好群众工作做了许多具体的指示。到了对岸，毛主席又一次亲切地同我握手告别，并挥手向岸边执勤的战士致意。

从此，红军主力和党中央机关被迫告别艰苦创建的中央革命根据地，分别从瑞金和于都出发，踏上了震惊世界的二万五千里长征的征途。

红一军团突破敌四道封锁线[*]

聂荣臻

1934 年 9 月中旬，一军团由福建回到了瑞金地区。周恩来同志找我和林彪谈话，说明中央决定红军要做战略转移，要我们秘密做好准备。后来得知毛泽东同志在瑞金，我和林彪去找他，想问个究竟。毛泽东同志历来是很守纪律的，没有说什么，却提议去看看瞿秋白同志办的图书馆。当时保密纪律很严，我们也没有再问。

10 月上旬，一军团奉命到兴国东南的社富、岭背、宽田、梓山一线集中。10 月 12 日以前，我们到达了预定的集结地域。

长征之前，张闻天同志在《红色中华》第 239 期上，发表了《一切为了苏维埃》的文章，提出了准备反攻的任务。这是我们进行公开动员的总依据。

＊ 本文节选自《红一方面军的长征》，收录时做了适当修改。

1934 年 10 月 10 日，中革军委发布了长征命令。10 月 16 日以后，红军先后离开瑞金地区。跨过于都河，正当夕阳西下，我像许多红军指战员一样，心情很激动，不断回头，凝望中央根据地的山山水水，告别在河边送行的战友和乡亲们。这是我战斗了 2 年 10 个月的地方，不胜留恋。主力红军离开了，根据地人民和留下来的同志，一定会遭受敌人残酷的镇压和蹂躏，我又为他们的前途担忧。依依惜别，使我放慢了脚步，但"紧跟上！紧跟上！"的低声呼唤，又使我迅速地走上新的征程。

行军时，三军团在右翼，其后有八军团，一军团在左翼，后面有九军团，从两翼掩护中央纵队（司令员兼政委李维汉同志）和军委纵队（叶剑英同志任司令员），五军团殿后。中央和军委纵队真像大搬家的样子，把印刷票子和宣传品的机器，以及印就的宣传品、纸张和兵工机器等"坛坛罐罐"都带上了，队伍庞大，进入五岭山区小道，拥挤不堪，有时每天才走十多里或二三十里。

10 月 21 日、22 日，一军团、三军团先后袭占赣南新田、古陂，迫使粤敌 2 个多师退守信丰、安西、安远三点，红军在王母渡到新田之间突破了敌人的第一道封锁线，25 日全军渡过信丰河（今桃江）。11 月 2 日，一军团六团智取了粤北城口。稍后，三军团围困了湖南汝城守敌一个师。11 月 8 日，红军大部队于城口到汝城之间，顺利突破了敌人的第二道封锁线。11 月 5—11 日，一军团抢占九峰山，保障了左翼安全；三军团先后攻占良田、宜章，打开了红军前进的道路。至 15 日，全军由良田到宜章之间突破了敌人的第三道封锁线。

突破第三道封锁线时，我和林彪发生了长征路上的第一次争吵。我平时总认为林彪不是不能打仗之人，有时他也能打，他善于组织大部队伏击和突然袭击。当时军委给一军团的任务，是要控制粤汉铁路东北的九峰山，防备敌人占领乐昌后堵截我军，以掩护中央和军委纵队从九峰山以北地区通过。可是林彪不执行军委命令，一直拣平原走，企图一下子冲过乐昌。我不同意林彪的做法。我说，我们担负的是掩护任务，如果不占领九峰山，敌人把后面的部队截断了怎么办？这是个原则问题，应坚决按军委命令行事。左权参谋长为了缓和这场争吵，建议派个连到乐昌侦察一下。后来侦察部队回来说，在乐昌大道上已经看到敌人，正向北开进。林彪这才不再坚持了，万幸我们没有图侥幸。11 月 6 日，得知敌人 3 个团到了乐昌，一个团已经开往九峰去了。我军先敌占领九峰山，击溃了进攻之敌。

11 月中旬，蒋介石已判明了红军的突围企图，遂任命何键为"进剿军"总司令，以 20 个师分五路追击和堵截我们。第一路刘建绪率 4 个师由郴县直插黄沙河地区。第二路薛岳率 4 个师由茶陵、衡阳进至零陵地区。这两路主要是堵截我军去湘西。第三路周浑元率 4 个师，第四路李云杰率 2 个师尾随追击。第五路李温布率 1 个师在我军南侧跟进，配合粤桂军围堵我军。广西军阀5个师占领了全州、灌阳、兴安、恭城等地，蒋介石的如意算盘是，以湘江为第四道封锁线，集中重兵，围歼红军于湘江以东地区。

敌人的第一步恶毒计划是合击我军于天堂圩到道县之间的潇水之滨。

11月18日，红军兵分两路，由临武、蓝山、嘉禾地区西进。右路我军占领了冷水铺、天堂圩、柑子园等地。22日一军团二师长途奔袭道县成功。左路我军攻占江华永明（今江永）。这使敌人的第一步计划未能得逞。

敌人的第二步计划是消灭红军于湘江之滨。敌人聚集了20个师，为了紧铺包围圈，湖南军阀何键将他的指挥部从长沙迁至衡阳。刘建绪的4个师向全州疾进。薛岳的4个师进驻黄沙河。广西白崇禧也将指挥所移到桂林。周浑元的4个师和李云杰的2个师，则在红军背后，像拉网似的压过来，在湘江西岸的桂黄公路边，敌人抢修了140多座碉堡。

我军向江华、永明方向开进时，11月22日，白崇禧一度命令他的5个师退守龙虎关和恭城，意在防止红军也防止蒋介石嫡系部队跟进广西腹地。这时刘建绪部还没有赶到全州，我军前进方向的灌江、湘江一线敌兵力空虚，如果中央和军委纵队没有那么多"坛坛罐罐"的拖累，是可以先敌抢渡湘江的。但到11月25日，博古等才发布命令，以一军团在右翼、三军团在左翼开路，抢渡湘江，其他军团掩护中央和军委纵队随后跟进。

27 日，一军团二师渡过湘江，在距全州 16 公里的鲁板桥、脚山铺一线的小山岭上建立起阻击阵地。同一天，三军团四师也渡江成功。我军控制了界首至屏山渡之间 60 里地的湘江两岸，在此区域，有四处浅滩可以涉渡。中央和军委纵队 27 日已到达灌阳北的文市、桂岩一带。由桂岩到最近的湘江渡点，只有 160 多里，如轻装急行军，一天即可到达，仍有可能以损失较小的代价渡过湘江，但博古等仍然让人们抬着"坛坛罐罐"行军，每天只走 40～50 里，大约走了四天才到达湘江边，使前线指战员为了完成掩护任务付出了惨重的代价。

11 月 29 日，刘建绪以 3 个师的兵力从全州出动，在飞机配合下，向我二师脚山铺阵地猛攻。30 日凌晨，我一师赶到，部队非常疲劳，有些战士站在那里就睡着了。但军情紧急，不得不立即动员，仓促调整部署，进入阵地。30 日阻击战进入高潮。敌人第一次冲锋很快被打垮，丢下了几十具尸体。敌人不甘心失败，又组织第二次冲锋，后来随着冲锋次数的增多，投入的兵力越来越多，阵地上硝烟弥漫。我们利用有利地形顽强阻击，敌人的尸体越积越多。战至下午，敌人从三面向我进攻，我军多处阵地失守，五团政委易荡平同志负重伤后英勇牺牲、四团政委杨成武同志也负了重伤，但我军还是守住了主要阵地。

30 日晚上军团领导人冷静地分析了当时的形势，给军委发电，请求"军委须将湘水以东各军，星夜兼程过河"。

12 月 1 日，中央局、军委、总政联名命令一军团、三军团"人人要奋起作战的最高勇气，不顾一切牺牲……打退敌人占领的地方，消灭敌人进攻部队，开辟西进的道路，保证我野战军全部突过封锁线"。

12 月 1 日是战斗最激烈的一天。方圆 20 多里的战场上，炮声隆隆，杀声震天。在茂密的松林间，我军指战员奋不顾身，与敌人展开了悲壮惨烈的白刃战。接近正午时分，得知中央和军委纵队已经渡过湘江并已越过桂黄公路，我们才放了心，令一师和二师交替掩护，边打边撤，退到越城岭山区。

这一天，一军团军团部也遭受极大危险，敌人的迂回部队打到了军团部指挥所门口。我们正在研究下一步行动计划，敌人已经端着刺刀上来了。我起初没有发觉，警卫员邱文熙同志告诉我说，敌人上来了。我说，你没有看错吧？他说没有看错。我到前面一看，果然是敌人。左权同志还在那里吃饭，我说，敌人上来了，赶紧走。于是我们赶紧撤收电台转移，命一部分同志就地抗击敌人。我还命令警卫排长刘辉山同志去山坡下通知部队，让他们也紧急转移。由于我们及时采取了措施，这次避免了损失。在我们撤退的时候，敌人的飞机活动很疯狂，几乎是擦着树梢投弹、扫射、撒传单，很多同志被吸去了注意力，不往前走了。我说，快走！敌人的飞机下不来，要注意的是地面的敌人。

在一军团与敌人血战的同时，三军团在灌阳附近的新坪，与广西敌人进行了激战；五军团则在文市附近与周浑元部等追敌进行激战。他们也都打得顽强而艰苦，损失很大。由于几个军团共同奋勇作战，才掩护中央和军委纵队过了湘江。突破第四道封锁线，是中央红军长征中受损失最大的一仗。像五军团的三十四师、三军团的 1 个团、八军团被打散的部队，都被切断在湘江以东，大部壮烈牺牲。红军由江西出发时的 8.6 万多人，经过一路上的各种减员，过了湘江，已不足 4 万人了。

我们到了广西资源县的油榨坪，才摆脱了敌人。到油榨坪的时候已经是傍晚了，我站在山顶上朝广西、湖南、贵州交界的地方一看，嗬！一层山接着一层山，像大海里的波涛，无穷无尽，直到天边。我这个出生在四川，又在江西福建打过几年山地战的人，都没有见过这么多山。在油榨坪附近的一个大树林里，我们才得到了休息。几天几夜紧张激烈的战斗，这时候才感到又饥又饿，疲劳极了，我把身上带的干粮拿出来吃，觉得真是香极了。艰苦的岁月就是这样，紧张的战斗会使你忘记饥饿和疲劳，一旦休息，能睡上一小觉，或吃上一点干粮，就会觉得是一种很大的享受。

血染湘江

莫文骅

风萧萧兮赣水寒。

1934 年 10 月中旬，由于第五次反"围剿"战争的失利，中央红军和中共中央机关 8.5 万人，被迫离开中央苏区，实行战略大转移，踏上向西突围的征程。当时我们虽然意识到要突围，但并不知道这就是长征的开始。

10 月 17 日，我赶到古龙岗向红八军团政治部报到后，便跟随部队强行军。因时间紧迫，罗荣桓主任只好边行军，边向我介绍部队情况。行军步子在逐渐加快，当部队向西跨出苏区边界时，大家不断地回头，凝望着中央苏区的山山水水，不胜留恋！

10 月 22 日，我们从赣州以南的王母渡、立濑圩之间渡过桃江，便进入了白区。这时，前面有敌军堵击或反动民团骚扰，后面又有追兵，两侧还有夹击之敌，加上空中敌机的轰炸扫射，行军更为艰难，几乎天天要打仗，得不到休整机会，遇到不少新的情况和问题。我们政治工作机关，不仅要做部队的思想政治工作，沿途还要向群众做宣传，工作繁忙，经常迟睡早起，很少休息。

本来，红军的团级以上干部都配备有牲口，而我的马在来古龙岗途中留给当地苏维埃政府了。到八军团后，看到部队刚刚组建，没有什么家当，要从别处抽出一匹马给我确不容易。因此，自己不便开口提出要坐骑。我天天跟着队伍徒步行军，翻山越岭，有时天下雨，道路泥泞，一不小心就滑步跌倒，弄得满身泥浆。开始，每天行军总是说翻过前面那座山就到，无论如何要坚持到目的地就好办了。谁知部队越走越远，越走越快。走了十几天，一边工作一边走，体力渐渐支持不住，脚开始肿了，只得拄根棍子，一瘸一拐地赶路。我想，过去多大的困难都克服了，现在，也要以坚强的革命毅力，战胜脚肿行军的困难。

又走了几天，队伍经过广东边境进入湖南。一天早上，部队正在集合，我刚来到集合地，就听见有人喊道："莫部长！"转头一看，原来是罗荣桓主任。我赶快跑过去，他高兴地对我说："党代表刘少奇同志送给你一匹马。"说着，他马上引我去见刘少奇同志。

见到刘少奇同志，我敬了个军礼。他和蔼可亲地对我说："你不是没有马吗？你的脚肿了，工作又忙，前面的路还很长，你就把这匹老黄马牵去用吧！"

我听后十分感激地问："党代表，这匹马给了我，那你怎么办?"

他笑微微地答:"昨晚,部队打土豪,搞来一匹大骡子,送给了我,我的行李多些,还有书籍,骡子力气大,我把它留下了,这匹黄马就多出来了。"他停了一下,又接着说,"这匹黄马是我从瑞金骑来的,马虽老一点,但还健壮,又老实,走路小心,记性好,还有不少优点呢!"

我哪能要党代表的马呢?便推让说:"党代表,马还是你留下驮行李,或者换着骑吧,我另想办法解决。"

少奇同志马上认真地说:"我不需要两匹马,现在,你的脚肿了,比我和其他同志更需要马,不要再推了!"

站在旁边的罗荣桓主任也插话说:"快要出发了,党代表决定给你,你就要了吧,我帮你找了好几天,都找不到呢!"

在当时困难的情况下,少奇同志送给我这匹马,确是雪中送炭,这不仅是对干部无微不至的关怀,也是对我们工作的支持。我向少奇同志感谢了几句后,就告诉饲养员老张把黄马牵走。

我有了这匹马,如获至宝,爱护它,喜爱它。在频繁的行军战斗中,这匹马和我的生命是连在一起的。平时我尽量少骑它,宁可自己多走路,也不使它过于劳累。我每逢要骑它时,总要拍拍它的脖子,摸摸它的鬃毛;到了宿营地,也要对饲养员交代几句,慢慢遛它,好好喂它。有了它,我可以在队伍里跑前跑后,做宣传鼓动工作更方便了。

部队仍一个劲地向西。我军团这些新兵，出发时一个劲地走，该休息时也不休息，最后没有劲了，累极了，一头躺倒在路旁便呼呼睡着了，怎么喊也喊不醒。这样，掉队或开小差的人也渐渐多起来。加上这些新兵家乡观念较重，他们出来参军，是为保卫土地革命的利益，而现在部队却远走他乡，不知部队要开到什么地方去，连我当宣传部长的也不知道，问政治部主任，他也不大清楚，这便缺乏政治动员力量和说服力。我们每天只能强调反对阶级敌人，宣传打倒国民党反动派，打倒土豪劣绅，当红军光荣，革命最后一定胜利，号召大家在共产党领导下，发扬吃苦耐劳精神，注意群众纪律，坚持斗争到底。至于战士的困难问题，尽力给予关心，有些可以解决的，设法帮助解决，有些不能解决的，就讲清道理，号召大家来忍受。

罗荣桓主任经常指示我们说："做政治宣传工作，不能光靠讲大道理，更不能靠哄骗，而是要靠党支部的堡垒作用，靠党员、干部的模范带头作用，靠深入细致的思想工作，只要向战士们讲清革命道理，关心战士生活，爱护战士的身体，千方百计让大家吃好睡好，战士们是会跟党走的！"罗荣桓同志这种扎扎实实的工作作风，给我留下深刻的印象。

走了一个多月，至 11 月下旬，红军经过艰苦转战，连续突破敌人三道封锁线，来到湘桂边境。敌人利用波涛滚滚的湘江，构筑了第四道封锁线，由粤军、湘军、桂军分别严密防堵和包围我军。这是敌人经过精心部署的最后一道封锁线。红军处境十分险恶。

我军团从古龙岗突围开始，便在左翼跟随红三军团与在右翼的一军团、九军团担任掩护中央纵队和军委纵队行军的任务。

一天，敌机投掷炸弹之后，散下了一些传单，传单上叫嚣："共匪们，我们奉总司令的命令等你们好久了，请你们快来！来！来！来！来进我们安排好的天罗地网！"

我知道这又是一场恶战。

11 月 28 日，军委突然电令我红八军团从湖南道县附近插入广西灌阳县水车地区，与红三军团六师取得联系。情况十分紧急，部队已来不及动员便出发了，连侦察员也没有派，只派 1 个尖兵排在前面边搜索边前进。我们日夜兼程走了两天两夜，没有吃，也没有休息。那时，追我红军主力之敌与我红八军团只隔 10 多公里，正同时平行前进。因我们有战斗任务必须迅速摆脱敌人，故不管三七二十一，冒着敌机的轰炸和地面敌人的袭击，拼命前进。

30 日午夜，我军团到达水车宿营，三军团六师已奉命赶往湘江，而与我军团不期而遇的是担负全军后卫的五军团第三十四师，于是，我军团无形之中也成为全军的后卫之一。对于我们这支新部队来说，是一副过分沉重的担子。

拂晓，银霜遍地，秋风萧瑟。我们迎着晨曦，尾随红九军团从左翼往湘江岸边前进。五军团三十四师留在水车掩护。

当我红八军团在奋力前进时，听到右翼剧烈的枪声，空中飞弹如雨，知道右翼的主力兵团正在突破敌人的封锁线。接着，从水车方向又传来了枪声，知道三十四师抗击追敌的掩护战斗也开始了。

我军团跟在红九军团后面行军，相隔只有一个小时路程，起初听到前面有一些零碎枪声，不知究竟。罗荣桓主任对我说："你对广西情况较熟悉，到前面去了解情况。"我接受任务后，便骑着马随尖兵排走在前面。走着，走着，突然，只听"砰！啪！"几声枪声，继而"哒！哒！哒！"响成一片，步枪和机枪从前方百米山腰丛林中打来，在我后边的尖兵排梁排长负伤了。我的马鞍也中了一弹。我立即跳下马，协助指挥队伍就地散开，攻击前进。过一会，前卫团长很快赶了上来，侦察敌情，指挥部队占领阵地。这时我也搞清了情况，原来，红九军团走过一个多钟头后，一支广西敌军从灌阳方向插过来，开始听到的零碎枪声，就是他们在打九军团掉队的同志。

我们必须击退前面之敌，扫清障碍，才能继续前进，不然，后头的追敌，将三十四师压下来，我们就前后受敌了。于是，军团首长下令强攻。但敌人已先占领了主要阵地，其后援部队又纷纷赶到，人数有多少，不很清楚，看来，我们难于短时间内消灭敌人。那时，九军团已走远了，右翼枪声亦已稀疏，而且越打越远，估计冲破敌人的封锁线了吧，若我们不尽快扫清道路，其处境是很危险的。

下午3点，敌机飞来了，低飞离地面只有300多米，俯冲时用机枪往下扫射。我军除战斗部队外，行李、伙食担子、马匹、担架等分散在山上，到处寻觅隐蔽的位置。敌机更逞威风，其机关枪不断往下扫射。此时，后面三十四师的枪声大作，这是我们最后一次听到这个师的声音。

我军团且战且走，有时敌我几乎搅在一起，敌人的追兵曾离军团指挥机关几十米。罗荣桓主任常和机关人员一样，掏出手枪直接参加战斗。

暮色降临了。看情况，我军团已不能从正面通过，但如何追赶主力呢？从前方渐远的枪声和飞机在较远上空盘旋的情况判断，主力与我军团相隔已有好几十里，我们必须迅速从侧方去会合，不然，天黑了更难于行动。于是，军团决定把机关的行李、伙食担子、马匹等集中起来先出发，战斗部队与敌人对峙一阵后撤回，急忙沿着先出发的后勤部队方向前进。

在朦胧月色中，精疲力尽的战士们跌跌撞撞地走着，边走边打盹，肚子饿了，只能靠身上带的一点干粮充饥。远处不断传来枪声，部队不敢停下休息。战士们越走越心急，步伐却越走越慢，队伍越走越稀，掉队的越来越多。我随战斗部队徒步行军，也已经疲劳至极，两脚又开始肿起来，我只得拄着棍子，咬着牙赶路，再累也不敢停歇一步，生怕跟不上队伍，且一休息，就难再站起来。就在这样极度紧张、极度疲劳的情况下，我们走了 50 多公里路。至拂晓时，来到一条马路边的平坝子，四面火光，好似有许多部队在宿营。我们分析，可能是先出发的后勤部队，但未见哨兵，又觉得奇怪。再走，听见一匹马在路旁向我嘶鸣了几声。我转眼一看，啊！原来是少奇同志送给我的那匹老黄马，正向我招呼呢！少奇同志曾说它记性好，看来确是不差。我高兴极了，赶忙走过去，又看见饲养员老张正在路旁睡觉，我立即叫他起来，询问有关情况："你们先出发的同志都在这里吗？"

"不，伙食担子休息一会又走了！"他睡眼惺忪地回答。

"你呢？"

"我在这里等你！还有军团首长的饲养员也一起在这里等你们！"

"附近有什么部队？为什么四周有这么多火光？"

"没有，都是掉队的！"

"喂过马吗？"

"已吃过草料，也饮过水了！"

"赶快走吧！"

我督促周围掉队的同志上路后，便立即骑上马往前奔去。停留在这里是很危险的，敌人会很快追来的。

老黄马很有精神，"嘚，嘚，嘚"地在大路上有节奏地走着，早已疲劳万分的我，坐在马上，摇摇晃晃，感到很舒适，边打盹边想，真要感谢少奇同志给我这匹马，如果没有它，我脚肿走不动，可能要掉队；如果不是饲养员老张忠诚待我，哪能把马放在路边等我；如果不是这样一匹记性好的马，又可能失之交臂，过而不知，那也就很可能脱离不了危险的处境！

又走10多公里路，来到离湘江边20公里的一个小镇，天已放亮了。狗吠鸡鸣，似催着熟睡的人们早起，可我们连续走了100多公里路尚没有合过眼呢！

小镇的街道平直，也较干净，有些同志想躺下睡一觉再走，但此镇不是久留之地。据了解，主力已渡过了湘江，我们必须迅速赶到凤凰嘴渡口渡河。

一出街口，在初升的微红的太阳映照下，看到马路旁边满地的书籍文件，一片狼藉，里面有《列宁主义概论》《马克思主义政治经济学》《土地问题》《中国革命基本问题》《步兵操典》，还有许多地图、书夹、外文书籍等。这是红军的运输人员从瑞金艰难搬运来的图书馆的书籍，也是我们的思想武器及战斗中所必需的材料，现在不得不扔掉，烧了，真是可惜呀！我自己从中央苏区带来的两捆书籍、文件仍挂在马背上，还是不舍得丢掉。

马路上行军，本来是好走的，但是，战士们太疲劳、太饥饿了，且走惯山路的人走平路反而吃力，觉得20公里路太远了，膝盖疼痛难忍，每前进一步，都要使出全身的气力。有的战士走着走着，一头倒在路旁便呼呼睡着了，我们叫醒这一个，那一个又躺下了。各连队的政工人员，沿途利用可能利用的时间，向战士们进行宣传、解释、鼓动，说明我们的处境，抢渡湘江的重要性和我们担负的任务，指出我们仍处在敌人重围之中，必须尽快赶到渡河点，抢渡湘江，否则就会被敌人截断去路。

我们忍着饥饿和疲劳，走到离凤凰嘴渡口约几公里的广西境内时，头上出现了敌机，沿着公路向我们队伍投弹、扫射。而公路两旁没有隐蔽地，也没有时间允许我们停下隐蔽，为了抢时间，我们只能冒着敌机的扫射和轰炸前进，再没有比在这种险境下行军更困难、更危险的了。大家都抱着最大牺牲的决心，生死存亡，全不顾及。沿途有不少同志牺牲在敌机的轰炸、扫射之下，敌机只能夺去我们一些人的生命，但并不能最后解决战斗。

布置好警戒后便安排煮饭吃。不知伙食担子到哪里去了，各单位只好派人煮。没有菜，没有盐，也没有碗，大家用帽子装来吃。饭还没吃完，敌人就从旁边插过来了。我们把帽子里未吃完的饭包起来，立即拿起武器，登山抵抗。这时，前面的部队均已渡过湘江，我们的掩护任务已经完成，便边打边撤，向渡口前进。

12月1日中午，我们军团终于赶到湘江边的凤凰嘴渡口。大家看到了波光粼粼的江水，心里稍松了口气，因我们到底抢在敌人的前头赶到湘江。

凤凰嘴渡口是湘江的上游，江面有百多米宽，江水不深，可冰冷砭骨。我们刚到江边渡口，后面就传来追敌的枪声。敌机又在渡口上空轮番轰炸、扫射，江面激起了一股股水柱，渡口临时搭起的浮桥已被炸断，我们便立即冒着弹雨冲进江里徒涉渡河。我和军团机关及二十三师部分同志走在前头，到了河心处，水淹没到腋下，大家举着枪和行李，奋力向对岸移动，个子矮小的仅在江面露出个头来，有的女同志蹚不过去，便抓住骡马的尾巴渡过去。在抢渡中，不少同志中弹倒在江里，被湍急的江水卷走……

刚到对岸边，敌机又俯冲过来，我们在沙滩的洼地卧倒，待敌机投弹、扫射过后，疾步冲进岸边的一片茂盛的树林里。我从中央苏区带来的书籍、文件，在这次渡江时全部丢失了。江东岸的枪声越来越激烈，我们在树林里继续向前奔跑。此时，敌人已追到江边，我军团未过江的部队与敌人进行几次激烈拼杀，损失很大，建制也被打乱，大部同志过不了江。入夜，我们在山坳树林处停下露营。看着周围的同志，许多熟悉的面孔不见了，我心里感到非常沉重，虽然疲惫不堪，但总是睡不着，眼前浮现着那些倒在江里曾同甘共苦过的战友。

第二天早上整理队伍，我军团的二十一师几乎全部损失，二十三师也严重减员，全军团剩下不足 2000 人。整个红军部队在这次战役中伤亡也十分惨重，元气大伤，还有相当多的同志身体不支掉队了。三十四师为掩护我军渡湘江，而被敌截断，垮掉了。此时红军和中央机关人员已从 8 万多人锐减至 3 万多人。

湘江战役是长征途中战斗最激烈、最残酷、损失最为惨重的一次战役。但是，我英勇的红军指战员，在敌我力量悬殊的情况下，以压倒一切敌人的英雄气概，浴血奋战，血染湘江，苦战一个星期，终于胜利渡过了湘江，突破了敌人的第四道封锁线。

突破敌人四道封锁线

李聚奎

1934 年 10 月，中央红军被迫离开中央苏区开始向西进行战略转移时，第一、三、五、八、九军团和军委第一纵队、第二纵队共 8 万多人。这次部队行动，既像一次大搬家，又像一台四个人抬着走的轿子。大批辎重，如兵工机器、印刷机，也随军转移，真是负担沉重、行动笨拙。这种甬道式的行军队形，使所有部队几乎都成了掩护队，行军作战都受到极大影响。确实"像叫花子打狗"似的，只能边打边走。

经数日的夜间秘密行军，中央红军开始接近国民党南路军——粤军陈济棠部沿桃江构筑的碉堡群，这是粤军为配合国民党北路军、东路军对中央苏区的进攻和防止红军入粤而构筑的。我们称之为碉堡区。当时，粤军第一师主力在安西，第二师在信丰，第四师在赣县、南康，独立第二旅在安远。这就构成了第一道封锁线。

军委依据上述敌情，决定中央红军从王母渡和新田之间通过敌人的封锁线。正当我师奉军团首长的命令向新田前进时，忽接军委电告，如粤军自愿撤退时，应勿追击及俘其官兵。这是中革军委在红军向西突围之前，利用广东军阀同蒋介石之间的矛盾，同敌南路军司令陈济棠进行了秘密谈判并获得敌方某种允诺之后发出……

不过，那时红军对粤军的防线和我们的进攻方向仍做了很详细的侦察。对敌人进行侦察是很方便的，因为过去红军同驻守在这里的粤军有一些来往，主要是做买卖。他们的军官为了发财，常贩卖一些药品、通信器材以及布匹等给红军；同时，当地居民素来怨恨守堡的国民党军士兵不守纪律，红军一到，他们便向我们报信，告诉我们哪里有敌人的碉堡。这样，我们对敌人的兵力和设防的情况了如指掌，而敌军对中央红军的行动却一无所知。当我们出现在敌人的阵地前沿时，敌人弄不清红军是哪里来的，慌忙进行抵抗。

10 月 21 日，我师根据军团首长的命令，袭占新田。这里是敌人第一道封锁线的一个重要阵地。守敌是国民党广东部队的一个团。我们猛攻了一个下午，给敌人以重大杀伤后，当天晚上敌人就跑了。与此同时，红二师六团袭占金鸡。红三军团袭占韩坊、古陂，也旗开得胜。

10 月 24 日，红一、三军团的前锋部队占领了桃江东岸，控制了渡口，粤军全线崩溃。第二天，中央红军全部顺利渡过桃江。国民党军的第一道封锁线就这样被我们突破了。

中央红军突破敌人第一道封锁线后，国民党蒋介石并不十分清楚红军的意图，因此举棋不定。为解燃眉之急，蒋介石电令陈济棠和何键火速出兵，在桂东、汝城、仁化一带设置第二道封锁线，阻止红军西进。

在此情况下，军委决定红军向湖南的汝城和广东的仁化方向前进，从这里突破敌人的第二道封锁线。

突破敌人的第二道封锁线，是从红二师六团袭占广东仁化县的城口开始的。城口是仁化县北部山区的一个城镇，位于湘粤两省的交界处，是敌人第二道封锁线的一个山隘口，地理位置十分重要。11月2日，红二师六团用奇袭的方式占领了城口，歼灭了守敌约1个营。3日，红三军团的部队包围了汝城，监视守敌。之后，中央红军分三路由汝城城口之间陆续向西挺进。11月8日，全部通过了敌人的第二道封锁线。至此，军委大概鉴于红军主力转移已无密可保，才正式通知我们说，中央红军这次进行转移，是为了到湘西去同红二、六军团会合，在那里建立新的革命根据地。

接着，军委命令中央红军从良田、宜章之间通过敌人的第三道封锁线。在这条封锁线上，有湘军第十五师和粤军2个团驻守。

当红军到达韶关北面的乐昌地区时，摆在我们面前的是一座座大山，高耸入云，部队进入山区小道，拥挤不堪，行进的速度减慢了，有时一天只能走二三十里。而湖南、广东敌军则乘机从两侧向我军夹击过来。蒋介石的嫡系部队也衔尾紧追。由于敌人的三面逼迫，全军和军委纵队都挤到一路上来了，情况十分紧张。这时，我红一师正在粤汉路以东与广东敌人进行战斗，接军团首长打来的电话，令我带一个团在前头开路，掩护整个部队通过粤汉路，命令要求：动作要快，不得延误。我当即令一团、二团继续抗击侧面敌人的进攻，带红三团从阵地上撤下来，赶到全军的前头。

就在这里，我们遇见了随军委纵队行军的毛泽东、周恩来、朱德等同志。那时他们正在路旁休息，见我带着三团上来了，没等我开口报告情况，周恩来同志就说："你们来得好快呀！"

我一听，知道首长们已了解我们是来担负前头开路任务的，就没有说什么。接着，周恩来同志摊开一张五万分之一的地图，指着地图上画好的箭头，告诉我们应从哪里前进，并告诉我们在前进中在哪里放一个排，在哪里放一个连，以担负警戒。然后周恩来同志又嘱咐说："一定要保证全军安全通过！"

周恩来同志布置完任务后，毛泽东同志接着对我说："你们在前面开路，任务艰巨，动作要迅速，不然后面的队伍就会堵塞住了。大方向就是向嘉禾、蓝山前进，你们在前进过程中能相机占领这两个县城或一个也好，具体道路由你们在前头决定，我们后面就跟着你们来。"最后，毛泽东同志又强调说："大路能走就走大路，不能走就走小路，如果小路也不能走就爬山。总之，你们在前面开路，由你们决定，不要等着指示，以免耽误时间。"

这是我在长征途中第一次见到毛泽东同志，也是他受到王明路线的排斥，离开中央根据地的党和红军的领导岗位以来，我第一次见到他。一年多没见了，此时见到了他，我心里特别高兴。尤其是这次又听到他所说的，大方向是什么什么，具体的由你们自己决定这一类过去很熟悉的指示，心里顿时就充满了胜利的希望和信心。

毛泽东同志的话音刚落，周恩来和朱德同志就连声说："对！对！照毛主席说的办！"完全可以看出，他们对毛泽东同志的意见是很尊重的。后来我才听说，中央决定红军转移时，开始有的人甚至不同意毛泽东同志随军行动，后来是周恩来和朱德同志一再坚持，说毛泽东同志既是中华苏维埃主席，又是中央红军的主要创建者，应该随军出发。在这种情况下，他才被允许一起长征。应该说，这是周恩来和朱德同志为我党立下的一大功勋。

我带红三团受领了前头开路的任务后，由于聂荣臻同志及时指挥红二师四团占领了乐昌附近的制高点——九峰山，再加上三军团从右翼占领了良田，这就从南北两个方向掩护了中央军委纵队，也使我们作为中央及军委纵队的开路部队安全地通过粤汉线，并为随后通过宜章城创造了条件。

我带领三团通过敌人的第三道封锁线进入宜章县城后，杨得志同志率领的红一团也赶到了，紧接着红二团也上来了。于是全师继续向嘉禾、蓝山前进。可是当时这两个县城因守敌早有准备，设防严密，一时难于攻克，如要占领县城，需费时间。恰接军委来电，令我们除派少数部队监视两城之敌外，部队不要停留。于是我们继续西进。

部队通过嘉禾、蓝山后，横在我们面前有两条由南向北流入洞庭湖的大江，一条是潇水，一条是湘江，两江相隔100多里。那时，蒋介石的嫡系薛岳、周浑元的几个师已尾随追上来了。湖南何键的部队和广西李宗仁、白崇禧的部队，也从两边步步逼近。敌人企图合击我于潇水之滨。因而，先敌占领这一带的大渡口——道县，并迟滞追赶之敌成了当务之急。为此，军团首长把抢占道县的任务交给了红二师，把阻击追敌的任务交给我师。11月22日红二师四团在团长耿飚、政委杨成武同志的率领下，以日行100多里的速度，长途奔袭潇水西岸的道县获得成功，随后，红九军团的部队占领了潇水的另一个渡口——江华。

我师抵达潇水后，军团首长命令我师继续向湘江前进。这时，我师的右边是红三军团的部队，左边是红五军团的部队。我先利用当地的长途电话线同五军团司令部联系，告诉他们我师要立即往前赶，请他们的部队向这里靠拢。电话中传来了五军团参谋长刘伯承同志的声音，他说："同志呀！你们的队伍现在不能走，我们的队伍现在还没有上来哩！"

我又到驻在附近的村子里的红三军团军团长彭德怀同志那里，向他报告了我们军团首长的命令和刘参谋长的指示。彭德怀同志听了我的报告后，就说："刘伯承同志的意见很对，潇水西岸不能给敌人留下空隙，只有保住西岸，并给追来之敌以一个歼灭性的打击，才能使已经过河的军委纵队和其他部队更远地脱离敌人，放心前进。所以，你们红一师不但现在不能走，而且我们三军团的六师还要暂时归你指挥（当时六师师长曹德卿同志因病不能指挥），至于一军团命令你们往前赶，由我同你们司令部联系说明。”

我在平江起义前后，有很长一段时间是在彭德怀同志的直接领导下工作，素来了解彭德怀同志的脾气，知道他决心一下，就不容更改，只好坚决执行。因此，除二团已随军团司令部向湘江前进外，我带一团、三团继续留下防守潇水西岸。

11 月 25 日，我师大部分部队和三军团的六师一起在潇水西岸阻敌，敌人一次又一次向西岸冲来的渡船，被我们打沉了，一批又一批企图泅渡过河的部队，被我们消灭了。潇水成了敌人不可逾越的障碍，敌人只能望河兴叹，不敢越雷池一步。我们在潇水西岸迟滞敌人两天以后，撤出战斗，继续向西进发。

中央红军从 10 月中旬离开中央革命根据地，到 11 月中旬相继突破敌人设置的三道封锁线，随后又打击了敌人的进击部队，渡过了潇水。在这段时间内，总的来说，由于我军广大指战员猛打猛冲，英勇善战，再加上敌人的地方军阀各有各的打算，貌合神离，我军进展还是比较顺利的。

中央红军通过第三道封锁线后，蒋介石开始察觉中央红军西进的企图，引起了极大的恐慌，于是急忙调兵遣将，他任命何键为"追剿"军总司令，指挥15个师共77个团"追剿"红军，妄图消灭红军于湘江之滨。军委一面通报了上述严重的敌情，一面命令部队加速向湘江进发。

11月25日，中共中央、中革军委和总政治部分别发出"突破敌人第四道封锁线渡过湘江"的作战命令和政治训令。

为了加快行军速度和分散后面追击的敌人，中央红军除前锋部队径直前进外，后面的部队均分成多路行进，有的在田埂上，有的在山坡上，有的在大道上，真是漫山遍野皆兵。时值秋雨连绵，大家的衣服一天干湿两三遍，来不及吃饭，来不及休息，有的同志生病了，有的同志体力不支掉队了，但是个个抱着"无论如何也要渡过湘江"的决心，日夜不停地行进在广阔的原野上。

当中央红军向湘江挺进时，敌何键的第一路"追剿"军4个师和第二路"追剿"军4个师及1个支队，正日夜兼程分别由黄沙河、东安及零陵地区急赴全州地区沿湘江布防，由北向南堵截我军；其第三路、第四路和第五路"追剿"军，分别从道县、宁远出发，由东向西追击我军。而桂系军阀的5个师及2万多人的反动民团，则布防于兴安、灌阳一带，由南向北阻击我军。这样，在湘江的东西和南北两头，敌人就集中了20个师的兵力，来势十分凶猛。

两军在湘江血战就势不可免了。

这是一场关系到党中央安危的战斗！

这是一场关系到中央红军生死存亡的战斗！

这时，担负左翼进攻任务的红三军团和担负右翼进攻任务的红一军团，分别进至广西灌阳和全州地区。11 月 27 日，三军团第五、第六师和五军团第三十四师在灌阳附近的新圩古岭地区抗击桂军，战斗异常激烈，同一天，一军团先头部队第二师乘占领全州之敌尚未向北布防之际，顺利地渡过湘江，控制了界首到脚山铺的渡河点。28 日，红三军团第四师的部队也渡过湘江，进至界首。由于一军团、三军团同时抢占要点，我军已控制了界首以北约 60 里的湘江两岸。

前锋部队渡过湘江占领要点后，我师奉命撤离潇水西岸，于 30 日凌晨赶到了全州附近的脚山铺地区。桂系军阀李宗仁、白崇禧由于害怕红军南下深入广西，自动放弃了兴安、灌阳一带的防线，将兵力南移到富川、贺县、恭城一带，这就使中央纵队得以顺利地接近湘江东岸，并随后渡过湘江。但驻守在全州之敌刘建绪部见我红军主力要渡湘江，就急红了眼，于是从全州倾巢出动，向北猛攻我脚山铺阵地，企图夺回湘江西岸渡河点。

脚山铺北距全州 30 多里，南离界首 50 多里，是敌人进入我军渡口的咽喉要地。我师到达脚山铺时，红二师已在这里同敌人血战了一天。因此，虽然我师部队长途行军，非常疲劳，但仍紧急动员，同红二师一起阻击全州方向进攻的敌军，下午，阵地被敌人夺去。第二天拂晓，我们组织反击，失去的阵地一部又被我师夺回。以后敌人三个师在六七架飞机的掩护下，向我正面猛扑。我第三团在下坡田附近阻击敌人，先后击退敌人的五六次冲锋。第三天，敌人见正面进攻不能奏效，遂改变了战术，除继续加强正面进攻的兵力、火力以压制我们外，还以大部队迂回我们整个部队的后方和侧翼。此时我们的部队，虽然连续四个晚上未睡觉，一天多时间未吃饭，身体极度疲劳，但仍同敌人争夺前沿阵地。不少阵地是在战士全部牺牲后，才被敌人夺回去的。

在我一军团于脚山铺地区与敌人血战的同时，三军团、五军团也在湘江东岸同追敌进行了五天五夜的激战，他们也打得很艰苦，损失很大。

湘江一役，虽然全军指战员为了党中央的安全，为了中央红军的生存，不怕牺牲，英勇奋战，最后突破了第四道封锁线，渡过了湘江，进入了西延山区，但却付出了极大的代价：一些部队拖垮了，一些部队打散了；重武器及携带的许多物资都扔进湘江里了，全军人员由出发时的8万多人，减为3万多人。

湘江之战，进一步暴露了王明"左"倾冒险主义的错误。它的教训促成了后来的"黎平转兵"和遵义会议的胜利召开。

强渡湘江搭人桥

冯志湘

　　1934 年 10 月，举世闻名的二万五千里长征开始了，中央红军迅速突破了敌人设置的第一、二、三道封锁线。蒋介石急忙纠集 20 多个师，企图把红军包围在湘桂交界处的湘江两岸，扼杀于湘江之滨。11 月 25 日，军委命令部队突破湘江，并把渡河点选在界首和凤凰嘴之间。

　　11 月 27 日，红一、三军团同时在两翼抢占了要点，控制了界首至屏山渡之间 30 公里的湘江两岸。我们红九军团跟随中革军委纵队到桂岩。红一、三军团的战友们为掩护中央机关、中革军委纵队安全渡过湘江，已经付出了很大代价，上级命令我们工兵连不惜一切代价，一定要在 30 日晚到达屏山渡下游渡江点，于 12 月 1 日凌晨之前架好桥，保障大军过江。当我们连接到这一命令后，全连干部战士仿佛肩膀上压上了千斤重担。其原因一是我们连刚组建不到两个月，专业技术水平低，全连只有三名战士学过工兵技术，但也没有经过实践的检验，执行架桥任务还是第一次；二是当时我连全部渡河器材只有三把斧子、两捆不足 300 米的绳子和 8 公斤土制炸药，特别是我们连对渡河点周围的敌情、河流的有关数据和能否找到渡河材料等都一无所知；更重要的是这次突破湘江成功与否，直接关系到中央、军委纵队的安全。

29 日晚 8 点，全连 32 名党员在宿营地进行了宣誓。而后，由我和何力斌副连长带领一部分水性较好的战士，随同师里组织的干部侦察组，提前出发，进行工程侦察；指导员负责向连队进行架桥动员教育，而后率领连队跟进。从宿营地到湘江边，有十几公里，我们侦察组的几个同志，一溜小跑，只用了两个半小时就赶到江边。河面虽宽，但水流不算太急，根据经验判断，这里可能是沙底，水不一定很深。经过侦察，河宽 100 多米，流速每秒 1 米左右，水深大部分不超过一人深，只有中间一小段，水深 2 米以上。

凌晨 4 点多，突然在我们下游不远的地方不时传来激烈的枪炮声，估计是红一军团和敌人又交火了。我立即把各排长召集起来，研究架桥的具体方案。根据当时的情况，既没有船，又没有其他现成的架桥材料，要在 100 多米宽的江面上很快架通一座桥梁，是极其紧迫而艰巨的。为了抢时间，我们决定就近收集桌凳、门板和竹竿等物，搭设简易桥；同时，准备砍一些竹子扎竹筏，在深水区架竹筏浮桥。具体分工是：我和何副连长上山砍竹子，然后各带一个架桥作业组开始架桥；指导员带领部分同志，负责做群众工作和搜集门板、桌凳等架桥材料。

在群众的大力支援下，下午4点，从地主家收集来的桌、凳、门板和木料，横七竖八地堆满了架桥点两岸。具体负责筹集架桥材料的刘排长，还从地主家里抬来了两个大木柜。我和何副连长带领的砍竹组，也在附近砍了不少竹子。晚上8点，架桥作业正式开始。当时，既没有什么特制的桥脚，也不打什么桩柱，而是用从地主家收集的桌子、凳子来代替。竹桥桁上铺上门板，再用绳索捆绑一下，一节桥就算架完了。

架桥在紧张而有秩序地进行着，可是在架到30米长的地方，随着水深的加大，遇到了不少困难。水浅的地方，一个桥脚用一张桌子或一条凳子就可以解决问题，水深的地方就不行了，桌子充当桥脚受的浮力大，压不到河底。为了解决这个问题，我们在桌面压上石头，再在桌子上加放板凳垫高桥脚。桌子算是压下去了，但板凳又安不稳。正在这时候，负责运材料的刘排长上来了，他指着刚抬来的一个大木柜对我说："现在该用它了。"这的确是一个好主意。我们将木柜浮送到桥脚位置，然后一齐动手往木柜里装石头，这样，不仅桌子压下去了，而且桥脚也垫高了。随着桥梁的不断延长，架桥材料逐渐不够用了，特别是连接材料。本来，从瑞金出发时我们带了一部分绳索，但一用来架桥就感到不够了。战士们自动解下绑腿做连接材料，但仍不够用。正当我们为这个问题犯难时，刘排长说他可以带人用竹子做成篾条编扎竹筏，可算是解决了这个难题。这时已经是后半夜了，桥已架了60多米，开始进入深水位置。按照预先的计划，这里需要用竹筏桥脚架设浮桥，为了使竹筏桥脚连接结实，我们特意将已架好的最后一个桥脚加强了一下，多捆了几道，加压了几块大石头。接着，我们很快又把竹筏逐个连接好。天又黑又冷，正当我们准备架设最后一个桥节的时候，师部通信员跑来说："先头部队已提前赶到江边。"我说："赶快上岸取材料，争取半小时内架通。"可就在这时，刘排长说："岸上只剩下几块门板，板凳、桌子都用完了。"现成的材料没有了，扎竹筏又来不及，怎么办？战士们坚定地说："连长，事不宜迟，我们搭个人桥，让部队通过。"

这时，老天爷好像故意和我们作对，一眨眼就下起雪来。同志们异口同声地说："连长、指导员，下命令吧！"我看了看嘴唇都冻得发紫的战士，用征询的目光望着指导员，指导员会意地点了点头，激动地说："同志们！我们是工农红军，是革命的军队。我们共产党员是用特殊材料制成的。今天，我们就用特殊材料去完成架桥任务，保证部队胜利过江。"几十名战士一齐跳进了湘江，面对面站在刺骨的江水里，肩扛碗口粗的竹竿，上面再铺桥板，犹如一个个钢铁铸成的桥脚。就这样，湘江上架起了一座用工兵战士身体架成的人桥。先头部队开始过江了，当最前面的同志刚一踏上人桥时，不禁收回了脚步，"同志，别犹豫，过江就是胜利，我们顶得住！"工兵战士们站在湘江中高声地喊着。

经过湘江战役，中央红军突破了第四道封锁线，但红军伤亡重大。为充实战斗部队，在向遵义进军的途中，我们工兵连在到达乌江之前，并入了红一军团第二师工兵连。整编后，我们立即准备迎接新的任务。

奔袭城口

曾保堂

1934 年 10 月 21 日，我军于安远、信丰间突破敌人的第一道封锁线，向粤赣边境前进。敌人不甘心失败，在蒋介石的统一指挥下，急调广东军阀和湖南军阀在广东和湖南边境，布下了第二道封锁线。10 月底，我红一军团进入湘粤交界的山区，沿途敌人到处筑有碉堡，妄图阻止我军前进。尾随之敌也从四面八方合拢过来，形势万分危急，我们必须迅速跳出这个艰险的境地。

当时，我在红一军团二师六团一营担任营长。

11 月 1 日下午，军团首长当面向我下达命令："黄昏以后出发，在明天天黑以前赶到城口镇。不惜一切代价抢在敌人主力未到达前夺取城口。"我受领任务后，匆匆赶回营里，召集各连干部开会，研究具体的战斗部署。

11 月里天黑得早，6 点不到太阳便沉下去了。我命令部队按侦察排、重机枪排和一连、二连、三连的序列出发。战士们早就在看着太阳，命令一下便似一支离弦的箭飞下山去。

擦黑时分，我们上了马路。按左参谋长的指示，我命令部队上刺刀，排成四路纵队跑步前进。走了不远，就看到远远的有一座黑乎乎的碉堡立在路旁。战士们有些紧张，我低声要求大家不要慌，稳住神继续走。

"干什么的？站住！""你们是什么队伍？"碉堡上传来了几声严厉的喝问。

侦察排的几个战士按我预先的交代，一边跑一边吼："老子是中央军，你们他妈的咋呼什么！""有胆子下来看看！别他妈瞎嚷嚷，惊动了红军，老子毙了你们！"在我们的一顿臭骂下，碉堡里的民团不吭声了。

说来也怪，自从第一个碉堡挨训以后，下面经过的碉堡再也不敢理睬我们了，任我们从他们眼皮底下大摇大摆地跑步通过，我想这可能是第一个碉堡的敌人给沿途的"弟兄"们打了招呼："不要惹中央军的麻烦，自讨没趣。"我不由暗暗佩服左参谋长，这是他在交代任务时教给我的办法，真是知己知彼，足智多谋。事实上，当时军阀割据，别说是民团，就是有的地方军阀也不完全认得中央军是什么样子，更不认识红军，难怪他们要把红军认成中央军了。

我们一步不停地奔跑了一夜，每人好像刚从水里走出来一样。双腿走麻了，两脚像灌了铅。许多战士边跑边打盹，不是撞到前边人的身上，就是挡住后边同志的道儿。看大家疲累的样子，我真想命令休息一下。但是想到军团首长的指示，想到我们全军面临的危险处境，想到敌人正向城口疾进增援的两个军，我硬了硬心，率领全营继续向城口飞进。

大路两旁高矮相间的山头一座座被甩在身后。

太阳从远远的天际升起来，把万道金光洒在连绵起伏的山岭上，洒在我们这支疲惫不堪的队伍里。我按着腰际的手枪，闪到路旁察看队伍，我看到许多共产党员、共青团员，身上有的背着两支枪，有的扛着三四支枪，连排干部几乎人人超载。唐参谋扛着一挺重机枪，气昂昂地和重机枪排走在一起。一些掉队的战士，在收容排战友的帮助下，也紧紧跟在后面坚持前进。看着这些熟悉的面孔，我的眼睛不禁湿润了。

我询问各连脚打泡的人数，回答竟是没有。许多战士对我说："营长，你放心！红军战士都是铁脚板，不会打泡的。"

有的说："论跑路，白狗子可不是咱的对手！不信你到了城口看，他们准还在半路上爬着呐！"

还有的指指肚子俏皮地说："营长，走了一夜了，能不能给加点油，上点水啊，油水灌足了，我这11号车开起来就更有劲喽！"

我说："行啊行啊，往前传，开早饭，边走边吃！"

队伍里顿时热闹起来，战士们一边吃着饭团一边说着笑着。有个战士把粮袋递给我说："营长，我这饭团子还热乎着，不信你尝尝。"

我解下自己的粮袋说："热乎的留你自己享受吧！我啊，专爱吃凉的。"

天傍中午，我们走到一片小树林子旁，从地图上看，这里离城口还有 50 多里路。我命令大家休息片刻，立即吃午饭。部队吃完饭又继续前赶。下午 6 点左右，终于赶到了城口。借着夜幕降临前的微光，我细细打量了一下这个远近有名的镇子，有几百户人家，一条五六十米宽的河由北向西从镇前流过。镇后也有一条十几米宽的小河环绕，镇中则有道五六米宽的水渠穿镇而过，把镇前、镇后的两条河连在一起。整个镇子处在水的环抱中。镇前的大河上有一座窄的木棚，一个民团哨兵正不经意地在棚边晃悠。镇子两侧，两座五六十米高的山岗相对而卧，形成镇子的两个犄角。正如受领任务时聂政委所说的，如果敌人的重兵把守住镇子和这两个山岗，我们几万人在这狭长的通道里就是插上翅膀也难以脱身。可是，在聂政委、左参谋长等军团首长的英明指挥下，敌人的图谋破产了，我们先敌到达，城口是我们的。

我和唐参谋交换了一下意见，按原定作战计划，命令侦察排夺取桥头阵地，和三连一起解决镇内的敌人，一连、二连立即迂回包抄两边的山岗，摧毁敌人在山上的碉堡。

侦察排根据我们的意图，立即指定十几个水性好的战士分别从桥的上游和下游泅渡过去。待泅渡的战士下水后，我带领部队大摇大摆往桥边跑。对岸草棚灯火通明，五六个敌人正围在一起赌钱。我决定继续迷惑敌人，先炸桥，炸不成再用武力夺。

敌人桥头哨兵见河对岸突然跑出一支队伍来，惊慌地喊道："什么人，站住！"说着打开五节手电，刺眼的光柱在我们的脸上扫来扫去。

几个侦察员厉声骂道："照他妈什么？再照，老子崩了你。"

"你们是什么人？"那家伙不甘示弱。

战士们更横："老子是中央军，让你们当官的出来说话。"说着，登上桥直闯过去。

敌哨兵把枪栓一拉："不许走，再走我就开枪！"然后转身朝棚里喊道："班长、班长，中央军弟兄要过来，让不让过啊？"

棚里一个沙哑的声音回答说："问一下他们，是不是陈长官的队伍！这样吧，让他们先过来一个，老子问问清楚。"

"是。"那个哨兵转过身来朝我们喊道："你们听着，先过来一个。"

"一个就一个。"已经上桥的一个侦察员气呼呼地提着枪往前走。在他身后的两个侦察员也机警地跟上去。我示意机枪准备掩护。

走在前面的侦察员一边走一边骂："叫你们班长出来，真他妈瞎了眼，老子吃辛受苦，你们倒自在，在这儿赌钱！"说着连跑带跃地奔到桥头。

那个哨兵见他来势很猛，正不知所措，我们的英雄甩手一把把他撂倒在地。与此同时，一颗手榴弹"轰"的一声在草棚里爆炸了，原来是泗渡的勇士们已经上了岸。

我见夺下了桥头阵地，把手一挥，战士们便似猛虎般地扑过河去。刹那间，冲锋号声伴着枪声、手榴弹声和战士们威武的呐喊声，在古镇上空响起。敌人被这突然的一击打蒙了，民团团长慌慌张张带着一股队伍夺路而逃，不料一上山就遭到我一连、二连迎头痛击，混乱中这家伙被击毙，逃跑的敌人纷纷投降。在镇里没有跑出去的敌人见团长逃跑，哪还有心思抵抗，乖乖地把枪扔到地上。前后不到三个小时，我们俘虏了300多名敌人，缴了200多条枪，控制了镇子周围所有的制高点，胜利结束了战斗。我兴奋地走进敌人团部，让余勋光同志按聂政委的指示召集群众开会，要唐参谋立即向军团首长写报告。然后，立即派三连一排长带一个班把报告送回去。

送走了一排长他们，我命令部队整修敌人留下的工事，准备打击随时可能来犯之敌。虽然又累又困，但我不敢睡。我知道部队很疲劳，而敌人一来就是2个军，稍有不慎全营就会毁于敌手，我们一天一夜的奔袭将前功尽弃。我和唐参谋、余主任轮流到各个山头去察看，警惕地守卫着这几万红军的脱险之道、生命之口。

一宿无事，敌人没有来。我感到奇怪，丝毫不敢放松警惕。除了向四面八方派出了侦察员，还派部队在镇子周围巡逻。上午 10 点钟左右，巡逻队抓到五个形迹可疑的人，一审查原来是敌人的便衣侦探。据他们供认：昨晚 6 点多钟，敌人的一个师已行进到离城口 20 里的地方，隐隐约约听到城口有枪炮声便停止了前进。后来碰到从城口山上溃逃的民团士兵，才知这里已被红军大队占领。敌师长怕孤军深入被红军吃掉，令部队连夜回撤 40 里，同时派便衣来侦察情况。听俘虏说完，我惊出了一身冷汗，好险！如果我们昨天迟到两小时，后果真是不堪设想！我把敌人重兵距我只有 60 里的情况立即通知部队，要求战士们做好一切准备，拼死保卫城口，并和唐参谋一起研究了详细的阻击计划，调整了兵力部署。

就在我们组织力量准备和敌人拼死战的时候，哨兵报告左参谋长带着侦察连到了。我高兴得几乎跳起来，连忙把首长让进屋里。我正想讲一下战斗经过和敌情，左参谋长劈口问我："拿下城口为什么不马上报告?"

我说："昨天战斗刚结束就写了报告，已派三连一排排长送回去了。"

唐参谋把报告底稿拿给首长，左参谋长扫了一眼沉吟了一下说："那个排长是不是还带了一个班的兵?"

我说："是。"

左参谋长说："那就对了。"

我忙问怎么回事，左参谋长说："在离城口 20 多里的地方，我看到有十多个同志在路边碉堡里睡觉，原以为是你们派出的哨兵，现在看就是一排长他们了!"

我听了这话又气又急，请求立即派骑兵去把他们叫回来，左参谋长同意了。说话间报务员已把电台架通，左参谋长立即把我们占领城口的情况报告军团司令部。发完电报，参谋长告诉我，由于敌人追兵已近，我们1日晚出发后，大部队也在2日早晨随着出发了，如果没有意外情况，主力下午可到城口。得知主力将到，我心里一阵轻松，倒在椅上睡着了。

黄昏，我军主力抵达城口。看着数万红军顺利地通过这个咽喉要地奔向湖南，我真是无比高兴。我营在城口休息了两天，随主力继续向湖南前进。

夺取宜章城[*]

黄振棠　黄荣贤

1934 年 11 月，为了尽快摆脱敌人的重兵围追，在通过敌人第三道封锁线时，中央命令红一军团坚决控制粤汉铁路东北约 10 公里的制高点——九峰山，防备广东军阀先期占领粤汉线上的乐昌，向我发动袭击和堵截，确保中央纵队左翼安全；命令三军团迅速拿下宜章城，防备湖南军阀从右翼向我发动袭击和堵截，确保中央纵队右翼安全；以掩护中央纵队及其他兄弟部队安全通过第三道封锁线。

当时，我们俩都在红三军团六师十六团，攻打宜章城的任务正是由我们团来完成的。

记得在汝城通过敌人第二道封锁线后，我们团连续长途行军，在一个傍晚到达距宜章城还有七八十里的一个村庄宿营。部队刚刚住下，曹德清师长、徐策政委来到我们团，令

---

[*] 本文原标题为《夺取宜章城——记突破敌人第三道线》，收录时做了适当修改。

我团在 11 月 11 日也就是第二天黄昏前一定要拿下宜章城。

宜章守敌是湖南军阀何键的部队，大约有 1 个营的兵力。如果敌人凭借着坚固的碉堡和工事进行顽抗的话，必有一场恶战。敌人凭借着交通方便，随时可以调来援兵。这些对我们攻城都是非常不利的。但也有有利的一面：一是宜章守敌只有大约 1 个营的兵力，武器也不如蒋介石正规部队那样精良，而我们的兵力是 1 个团，又有 1 个山炮营；二是我们完全可以利用何键和蒋介石钩心斗角的矛盾心理，迫使何键仅依靠宜章守敌抵挡一下，摆个样子让蒋介石看看，不做顽强的抵抗；三是当年朱德和陈毅同志领导湘南暴动时，曾带领起义部队到过宜章，在这一带发动群众，做了大量群众工作，并建立了革命政权和群众武装，而且这种斗争始终没有停止过，有很好的群众基础。接受任务后，团长李寿轩、政委于端祥立即召开了营以上干部紧急会议，分别传达了军团首长的指示和师首长的命令。之后，李团长对宜章周围的地理环境、敌人兵力布置做了介绍，并对攻打宜章进行了认真的分析，最后明确一营、二营为主攻部队，三营为预备队，并对各营提出了具体的要求。

散会后，各营分头进行了简短的战前动员。战士们听说明天要打宜章，个个劲头十足，情绪非常高涨。有的擦拭武器，有的准备攻城器材。各项准备工作都在紧张地进行着……

夜已经很深了，部队都已抓紧时间休息了。这时上级通知说宜章县委派游击队的同志来与我们接头，大家听后都非常高兴。不一会儿，他们来了共三个人，经介绍才知道他们中间有一个人是游击队的副队长。总支书记黄振棠热情地接待了他们，团长政委也来看望他们，彼此见面感到非常亲热。游击队的同志们顾不上长途跋涉的疲劳，立即向我们介绍情况："守城的敌人是五六百人的民团武装，头目叫程绍川。平时，他们无恶不作，搜刮民财，强征暴敛，私设监狱，监禁迫害革命者和无辜群众。周围的老百姓吃尽了他们的苦头，都恨不得扒了他们的皮……"

李团长问："依你们看，部队在什么方向攻城最为合适？"

副队长说："我们认为从北面或是东面攻城比较合适。因为，城的北面和东面地势较高，如果机枪架在城北面或东面的山坡上，就能够直接射击敌人，可以充分发挥我们枪炮的威力！"

李团长听后将拳头狠狠地砸在桌子上说："好！我们就给他来个居高临下，让我们的大炮把敌人的城堡轰它个稀巴烂！"

天蒙蒙亮，部队开始向宜章挺进，这时天空阴沉，小雨飘飘洒洒地下个不停，我们被雨水淋得精湿，寒冷的西北风一吹，浑身禁不住地直打冷战。道路异常的泥泞，而且狭窄，往往一脚下去鞋子就会被黄泥粘掉，每走一步都要付出很大力气。

当走到距宜章城还有 30 里的地方时，突然遭到民团 200 多人的拦截和袭击。敌人占据着公路两旁的有利地形，向我猛烈射击。突然的袭击，一下子把一连压制在公路两侧，战士们迅速隐蔽着向敌人还击。这时，先头部队一营一连连长非常镇静，他看清敌情后立即组织一排和全连的机枪集中压制敌人的火力，掩护二排和三排从两翼向敌人包抄过去，看准时机，接着就是一次冲锋，战士们勇猛地扑向敌人。敌人见势不妙，撒腿就跑。他们沿着公路没命地向宜章城逃窜。一连的战士们在后边紧追不舍，一边追一边高喊："赶快投降吧，红军不杀俘虏！"一直追到离城不远的地方，一些敌人靠碉堡的掩护才得以逃脱，也有些保安团员实在跑不动了，三三两两坐在地上交枪当了俘虏。

敌人如同惊弓之鸟，城外围的敌碉堡群开始吼叫了，密集的枪声响成一片。雨点般的子弹织成一道道火网，封锁着通往城里的每一条道路。

我们的部队陆续赶到了，团指挥所就设在城北不远的一座小山上，从这里用望远镜就可以俯瞰全城。山炮营的山炮，也已架好，炮口直接对准城楼上的碉堡，扫除外围敌人的战斗打响了，此时已是下午 3 点钟左右。

按计划，一营、二营分别从北面和东面向敌人逼近，展开了一场打堡垒的攻坚战。开始敌人火力很猛，各个碉堡之间用火力互相配合，阻止我们的突击队接近。我们的炮兵开炮了，一个碉堡飞上了天，敌人顿时慌了。

在连续攻克敌人一些碉堡之后，我一营二连的同志们在连长黄荣贤的带领下迅速向火车站附近的两个大碉堡接近，里面的敌人早已吓破了胆，哪里还有心思抵抗，丢下碉堡就跑。二连的同志们奋起直追。敌人比兔子跑得还快，他们越过铁路，逃进了城里，二连乘势占领了火车站。其他碉堡内的敌人见状，不顾一切地纷纷逃命，敌人外围防线彻底崩溃了，部队开始做攻城准备。附近一些群众听说红军在攻打宜章城，也前来帮助我们。有的帮助挖战壕，有的帮助扎云梯，还有的帮助看俘虏，热情最高的要算300多名修铁路的工人。这些工人多数是被敌人强迫拉来的，他们受尽了盘剥压榨和工头的凌侮，每天要负担沉重的体力劳动，到头来却吃不饱穿不暖，更谈不上给家里寄钱养老养小，一些工友染上疾病而没钱医治，眼睁睁地病死。很多工人想回家又没有路费，无奈只好忍屈受辱地干下去。红军攻打宜章城，使他们看到了希望，他们按捺不住对敌人的刻骨仇恨，不顾敌人的枪弹，纷纷扛着工具热情地前来助战。

一切都准备就绪了，下午4点开始攻城，我们的大炮发出了惊天动地的轰响，一颗颗呼啸的炮弹准确地飞向敌人的城堡。敌人的枪声顿时哑巴了。

一营、二营的同志们看准时机冲上前去，架起云梯准备攀城。

突然，城门大开，从里面涌出一大群群众，他们一边跑一边喊，"红军同志们快进城吧，敌人跑了！"

原来，守城的敌人看到我们的部队已经突破外围防线，早已吓得六神无主，屁滚尿流。当我大炮一响敌人更是招架不住，急忙出南门向南逃窜了。

宜章城被我们攻克了。部队进城时受到了群众的热情欢迎，数千名群众男男女女老老少少都站在道路两旁观看部队进城，有些群众挥手向部队致意，有些群众端来热水送到干部战士面前，还有些群众主动与我们部队的同志交谈，嘘寒问暖，场面热烈感人！

部队进城后立即进行了部署，加强守备，防止敌人反扑夺城；团政治处的同志在地方党组织和游击队的大力协助下，砸开监狱释放了全部在押的革命者和无辜群众；并召开了有3000多人参加的群众大会，宣传红军的政策，使本来就有一定觉悟的群众，更增加了他们对红军的了解。

广大群众情绪非常高涨，一些群众坚决要求镇压那些土豪恶霸，并主动带领部队缉拿罪恶分子和收缴他们的财物。我们满足了他们的要求，并把没收来的堆得像山一样高的财物立即分给了广大劳苦群众。群众分到东西，更是欢天喜地，感动地说："红军真正好，红军真正是为我们穷人的。"特别是那些刚刚从监狱里被我们释放出来的"犯人"更是感恩不尽，他们不顾及我们的阻拦，跪在地上就给我们叩头。他们流着热泪说："不是你们来，不知道我们哪天才能出来，是红军救了我们，我们一辈子不会忘记红军的恩德。"对那些铁路工人我们更是优先照顾，除了分给他们一部分财物之外，愿意回家的还发给了路费，同时向他们宣传革命道理，争取他们参加红军。天已很黑了，群众仍围在部队驻地不肯离去，听红军干部战士们讲述革命道理。

第二天一早，不少铁路民工和青壮年群众纷纷来到我们部人驻地，争着报名参加红军。有一位老大爷流着眼泪对我们说："同志，咳！可惜我老了，不是老了没用的话，我也要跟你们去。我活到这样大的年纪，从没有看到这样好的队伍，从没有看到这样真正为民众谋利益的队伍，你们是一定会成功的啊！"

在做每项群众工作时，我们特别注意发挥地方党和游击队的作用，这里今后的群众斗争，主要还是由他们来领导。我们把刚缴获的一部分武器送给游击队，鼓励他们壮大队伍，把群众武装斗争深入地开展下去。

这时，我们又接到了师长和政委新的命令，令我团立即出发，向西到嘉禾一带参加战斗，同时他还告诉我们说，中央纵队已经安全通过敌人第三道封锁线。此刻，我们感到无比的高兴，脸上都露出了胜利的微笑。

艰难的行军*

裴周玉

1934 年 10 月，我在新成立不久的中央教导师工作。

中国工农红军中央教导师是在刘伯承总参谋长的关怀和领导下，1934 年 8 月底，在国民党向闽赣苏区发动大规模的第五次"围剿"的紧张时刻，由各县独立团和游击队仓促组建起来的，主要担负保卫党中央机关的任务。教导师直属中革军委领导，下设 3 个团，6000 余人。张经武任师长，何长工任政委，孙毅任参谋长，李熙任政治部主任，我是国家政治保卫局委派该师的特派员，负责保卫工作。

10 月上旬的一天，刘伯承同志急匆匆来到教导师，代表总部宣布突围命令，并给我师具体交代了帮助中央机关撤退的任务，即帮助中央机关担负 1000 多担物资的搬家任务。大家一听都惊呆了，百思不得其解。

---

* 本文节选自《踏上艰难的征途》，收录时做了适当修改。

经过一天的动员工作后，当天晚上，教导师派出3000多人分赴中央机关及其直属的兵工厂、印刷厂、医院等单位帮助捆绑机器，做撤退的准备。到了那里一看，工厂的机器、医院的医疗设备大都已拆卸下来，堆放在屋子里、院户里，还有他们已用木箱、铁皮箱或布包装好的一些小件物资，以及许多没有包装的桌椅板凳、锅碗瓢盆等，里里外外、密密麻麻摆了一地，连个下脚的地方都没有，真像个彻底大搬家的样子。

望着这种情景，别说是战士们，就是带队的师团领导也感到无法下手，特别是见到那些修理枪炮的，印钞票的、印书印文件的，照X光的器械，一个个又大又笨又重，更是叫人头疼。这么多坛坛罐罐，不要说教导师6000人搬不了，就是再来一个教导师也搬不完。加上又没有包装用品，一个晚上也没捆好几件东西。

经请示总部同意后，我们帮助机关选择重要的物资，按每人担负50斤左右一担（大件的需几个人抬的，每人为一担）整理出1000余担物资，经过两天两夜的紧张工作，终于完成了包装任务。

物资机器包装好了，部队的思想也"开锅"了。大家掐着手指计算着，每天自带的枪支子弹、手榴弹、行李和干粮有三四十斤，再挑上五六十斤的担子，一共100来斤。这么重的负担压在肩上，行军的任务怎么完成？遇到高山大河怎么办？遇到敌人堵截追击怎么办？遇上刮风下雨怎么办?……总之，人人都怀疑这样能否完成突围的任务。一些人思想上动摇着，忧虑着。

苏区的群众见到这些，流着眼泪对战士们说："你们连机器都搬走了，就不要苏区了吗?""你们能搬走东西，我的房子、耕牛和孩子怎么搬走呢?""过去红军打仗是为老百姓，现在要远走高飞，就不要老百姓了吗?""带着这么多东西，战士们都成了'驮马'还怎么打仗呢?"

对群众的这些疑问，我们都无言以对，更不要说去做解释工作了。因为我们自己也只知道敌人要打到瑞金来，红军要突围出去，至于突围到什么地方，谁也不了解。战士们回到自己驻地，各种议论和不满情绪就更多了，部队开始出现了逃亡现象。各级领导干部心里也有疑问和疙瘩，所以尽管日夜奔忙在连队做说服动员工作，也无济于事，也说不出多少道理，只得硬着头皮反复地对大家说："要相信党的领导，相信革命最后一定会胜利。"这些本来很能鼓舞人的道理，这时显得那么平庸无力。

10月中旬的一天，教导师全体官兵背着武器行装，抬着、扛着、挑着600多件大小不等的担子从瑞金附近的高围出发，迈开了长征的第一步。

这些担子，有用稻草捆绑的机器部件，小件的三五个人抬着，大件的要十来个人才能抬得动。战士们用肩扛或用扁担挑着走；有用锡铁皮、木板或竹片制作的各式箱子，两个人一前一后抬着走。这些东西夹在队伍中，弄得队不成队，行不成行，拖拖沓沓，全师拉了足有十几里长。当天下午6点从高围出发，经麻地、宽田，第二天上午10点才到达洛口，16个小时，行程50里。

头一天行军，不少同志脚上打了泡，一到宿营地，草草吃了顿饭就东倒西歪地睡着了。好在是刚开始行军，部队有热饭热菜吃，又有地方睡觉，所以休息几个小时就基本上解除了疲劳。傍晚，集合号一响，我们又振作精神，挑着担子出发了。

由于山路难走，准备不足，没有进行深入的思想动员，行军的意图严格保密，许多基层干部不了解上级精神，只是盲目地跟着大部队走，所以，从一开始部队的思想就比较混乱，存在着各种各样的怀疑和谣言，逃亡现象几乎每天都在发生，增加了部队行军的困难。

教导师担着那些笨重的家伙，行走了四个晚上，进到敌人统治的赣县、信丰、安远边境，即敌人设置的第一道封锁线。

这道封锁线是敌南路军粤军防守，敌第一师主力布置在安西，第二师在信丰，第四师在赣州、南康，独立旅在安远。敌人在这里构筑了一层又一层纵横交错、星罗棋布的碉堡群。碉堡全部用钢筋水泥浇筑而成，坚固隐蔽，能攻能守。碉堡与碉堡之间相距仅几百米，还有鹿寨、外壕、铁丝网等。

中央纵队是各路纵队重点掩护的对象，而中央纵队队伍庞大，负担又沉重，行军动作一直很缓慢。为了确保中央纵队安全通过第一道封锁线，各纵队向堵截的敌人发起了攻击。

我们过第一道封锁线时，虽然没有和敌人面对面地战斗，没有听到枪炮声，也没有看到成批的俘虏兵，但所到之处都是炸毁不久的碉堡、房屋的废墟，铁丝网、竹桩、鹿寨一堆连着一堆。地上散落着敌人的文件、破枪、弹壳、衣服及各种各样遗弃的军用品，还有横七竖八地躺在地上的敌人死尸。一看就知道这里不久前刚刚经过一场激烈的战斗。

通过第一道封锁线后，红军就进入了没有后方依托、缺乏群众基础的蒋介石统治区内行军作战。天上每天几十架飞机轰炸扫射，地上每天几十万大军追堵侧击，还要爬山越岭，通过各种天险障碍。虽然各种艰难险阻都被我们战胜了，但付出的代价也是惊人的，出发一个月来，教导师没有参加什么大的战斗，光是逃亡、掉队、伤残病等非战斗减员已达三分之一之多。

部队进入江西、广东交界的崇山峻岭后，每天行程70里到80里，我师上午6点出发，晚上10点以后才能赶到军委指定的宿营地。通过赣粤边界的大庾山时，老天还不断地下雨，雨夜行军，道路泥泞，山坡陡滑，很多火把又点不着，这可苦了我们挑担子抬机器的战士了。天是黑洞洞的天，山是黑洞洞的山，雨点噼噼啪啪打在脸上，连眼都睁不开，衣服背包都湿透了。本来就很重的负担又加进了几斤雨水，好像背的不是包袱，而是整个大庾山压在肩上，让人喘不过气来，最讨厌的是路不好走，又陡又滑，一个人不小心滑倒了，就会碰倒一串，"哗啦啦"一声，一个个四脚朝天倒在地上一大片。身上的水和地上的泥粘在一起，人刚爬起来了，担子往肩上一放，脚下又一滑就又摔倒在地，爬一个山坡不知要摔倒多少次。

雨天下山就更难了，一脚没踩稳就连人带担子滚了几十米，这一个还没爬起来，那一个就又滚下去，好像坐"滑梯"一样一个接着一个。到了险要地段，大家都格外小心，手拉着手小心翼翼地走着。前面走着的几个战士因为脚踩空了或踩在虚石块上跌到悬崖下丧生了。每走一段悬崖都有这样牺牲的同志。幸存下来的同志一边流着眼泪，一边咒骂该死的老天爷，咒骂这该死的没完没了的大山，咒骂那该死的害人的担子，要不是这些鬼东西，好端端的壮小伙子怎么会掉下去呢？

后来，当地的瑶族兄弟告诉我们："你们通过的这条路，名叫'鬼门关'，我们从来不敢一个人走这条路，你们挑着那么多东西，牵着骡马都过来了，这是有神仙保佑啊！"

在山里行军，教导师的速度更慢了，只得白天黑夜都赶路，有时一天只有三四个小时的休息，尤其是雨夜行军，伸手不见五指，山坡又陡又滑，不小心就会滚到山涧里去，我们已经有不少同志打瞌睡滚下去牺牲了，所以大家都极力提醒自己千万千万别瞌睡，有的同志因怕睡觉边走边咬手指头，可是只要你稍一疏忽，瞌睡虫就又不知不觉地爬到你身上作祟。因此我们都怕黑夜来临。

部队在深山行军，比瞌睡更难忍耐的是饥饿。深山老林，没有人烟，没有村庄，有时几天也见不到一个人家。每人带的几斤干粮很快吃完了，这时部队吃饭就成了大问题，有时炊事员跑断了腿也找不到一粒粮食。在这种地方即使有钱也无处去买粮，战士们又累又困，肚子又饿得咕咕叫，天气也冷起来，还穿着单衣的红军战士真可谓饥寒交迫，咬得牙"咯咯"作响。我们教导师因为是负重行军，总是落在别人后面，所以即使遇到有粮食的地方，粮食也早已叫前面的部队买走了，我们只得饿肚子。

战士们日夜兼程地行军走路，还要挑几十斤的担子，浑身一点儿力气也没有，眼睛直冒金星，那个难耐的滋味是可想而知的。这时遇到小路边有河沟，就去打几碗冷水咕咚咕咚灌一肚子充饥。我当时正在部队最后负责收容队，每天都有几十个人摔伤或生病的被收容，收容队的最大享受就是不背包袱，也不背枪，大家互相搀扶着走路，实在不能走路的骑在马上。收容队的人越多，部队的负担就越大。我们只好派人把那些已经残废的或重病不愈的同志送到老乡家里寄养起来，以减轻他们的痛苦和对部队的拖累。

这一天，走到一个陡坡前，别的部队不一会儿就都爬过去了，教导师小一点的担子也都慢慢过去了，只有那 100 多担几个人或十几个人抬的大机器爬了几个小时也没爬过去。干部们急得直流眼泪，又搓手又拍脑袋，就是拿不出一点儿好办法，一团长文年生亲自组织指挥也没爬过去，虽然这时天上出了月亮，但坡太陡，路太窄太滑，实在无法通过，只得等到天亮以后了，筋疲力尽的战士们东倒西歪地合上眼打盹，文团长唉声叹气地坐在地上望着天上的星星发愁，测绘参谋、魏干事和文团长等人都要求把这些笨重的大家伙丢掉，我与大家同感，但毕竟是师机关的干部，既无权决定问题，又不能跟着大家一块儿发牢骚，只好硬着头皮对大伙说："天无绝人之路，大家一块儿出主意想想办法，三个臭皮匠能顶个诸葛亮，只要大家团结一心就没有过不去的火焰山。"

天亮后，雨也停了，我和文团长勘察了地势、道路，研究了通过的办法。而后，干部们找来一些绳子，又收集了战士们的绑腿拧在一起，一条一条地挂在机器部件上，前面十几个人像老牛拉犁耙一样拉着绳子和绑带，两侧有十几个人用双手抓着箱子，后面还有十几个人往前推，五六十个人弄着一件，旁边还有人"一二！""一二！"地喊着，喊一句，那笨家伙就稍稍挪动一点儿，就这样一步一步地挪着，挪不了几步，战士们已是满头大汗，只好又上来五六十人替换他们继续拉着推着挪着。两班人轮流倒替着，100 多人簇拥着这个"庞然大物"用了足足两个小时才爬过了四五米高的陡坡，后边的也如法炮制，整整花了一上午时间总算把这些笨重家伙"请"过了这溜滑陡峭的地段。

刚过去危险的地带，还没有来得及喘气，文团长马上集合部队担起重担开始急行军。否则两侧掩护部队过去后，我们这伙人就会与主力失去联系，很容易被敌人从中拦截消灭。大家这时已经累得说不出话来，两条腿已麻木，好像不是长在自己身上，只是机械地前后摆动着。整整走了两天两夜没睡觉，才追上师的主力。

不久，我们背着"包袱"来到与广东交界的乌迳镇。这时，我们根据总部首长的指示，接替一军团在南雄、水口方向担任警戒任务，要坚守一天一夜，不让敌人前进一步，以保证中央纵队安全通过。这是教导师成立三个多月来第一次担负着这样重大光荣的战斗任务。张师长、何政委亲往一团与团长文年生同志一起率领该团去执行这一任务。部队到指定地点后，选择了有利地势，匆匆忙忙构筑了简单的工事和掩体。下午敌人大部队赶到这里，开始在炮火掩护下向我阵地发起冲锋，而且，一次猛似一次，接连六次都被我军击退。当时我们用的枪又破旧又落后，打几发子弹就得用通条通一通枪膛，才能继续击发，这给敌人的进攻以喘息的机会。敌人凭着人多火力强突破了我军阵地前沿。面对几倍于我的敌人，战士们毫无畏惧，端起步枪，上好刺刀，与敌人展开肉搏争夺，阻拦着敌人不能前进一步，经过反复争夺，阵地终于又回到我们手里，敌人还是无法前去阻击红军主力。

这一仗是教导师打的第一个漂亮仗。阻击任务完成后，一团就胜利撤出战斗，跟上五军团后尾继续向前挺进。

担架上的峥嵘岁月

白志文

为了掩护中央纵队渡过湘江，红三军团五师在广西灌阳新圩镇，阻击装备精良的桂系军阀白崇禧的 3 个师。我们十五团在阵地的左翼。在反击敌人第四次集团冲锋时，一颗子弹从我的左肩窝射进，击穿了左肺，打断了两根肋骨，我昏了过去……

醒来时，天刚过午，我被担架抬着，随着部队向西行进。傍晚，部队到达黎平附近的一个小村子，我被抬进了一所院子。

我第一眼看到 1930 年时我的老上级红八军军长何长工同志，他正在招呼一些妇女和伤员。他询问了我的伤情，并向我介绍：这是中央纵队休养连，由卫生部部长贺诚管理，他是连长，董老是党支部书记。中央纵队休养连分 3 个班，一个老头班，有董老、徐老、谢老、吴老、林伯渠、陆定一等一些年老体弱的中央领导同志；一个妇女班，有邓颖超、贺子珍、萧月华、李坚贞等同志；还有一个伤员班，目前只有5个伤员，配备一个40多人的担架队，要准备走远路。

听完长工同志的介绍，我想，这真是一个特殊的连队。

"白志文！"一个熟悉的声音在喊我。

我扭头一看，三军团五师十六团团长李寿轩正坐在担架上大喊大叫。我急忙让警卫员把我抬过去。

到了近处，我看清了伤员班的成员，有三军团五师政委钟赤兵，他被炮弹炸断了一条腿；四师师长张宗逊，伤在脚上；十一团团长文年生，伤在腰上；李寿轩伤在左胸上。连我一共5个人，大家都伤得很重。

董老站在院子中间对大家说："我们虽然是老、弱、伤、病。可我们是红军，就要像战斗连一样，去战胜困难。"董老的湖北黄安口音虽然不重，但震动着每一个人。

吃完饭，伤员班五个人围拢在一起，议论起来。大家都说，我们是一个特殊的连队，特殊的班。特殊，就特殊在我们都是领导干部，又都是共产党员。

"我们要把平时对战士讲的话，今天对自己讲，像一个真正的战士去战斗！"钟政委最后说。

1935年1月3日，红四团在江界渡口突破乌江防线后，大队人马都拥到了江界。我们中央纵队休养连被耽误在渡口已经两三个小时了。

"白团长，什么时候咱们能过去？"李寿轩同志心烦意乱地问我。

"谁知道还得等到驴年马月！"

正当我们七嘴八舌地说着，身边响起一场断喝："你们躺着看戏呀！快走！"我们扭头看是三军团军团长彭德怀同志到了江边。文团长捅了捅我说："军团长又要发火了，你看他一脸怒气。"

长征以来，军团长经常发火。我们几个伤员都是他的老部下，军团长心里的无名火，我们都清楚：前四次反"围剿"，每次红军都是以小的代价，换取大的胜利，而第五次反"围剿"以来情况就大不一样了。三军团3个师的师长、政委没有不挂彩的，9个团长死的死、伤的伤，到转移开始时，仅剩一个团长了。我们十五团第五次反"围剿"前，有1700多人。到了1934年9月初，高虎脑、驿前战斗下来时，连、营干部全打光了，一个营只能编一个班了。眼下，彭军团长见到伤员班的伤员全是军团的干部，是心疼而发火！

"你听说了没有，军团长骂了李德?"李团长悄悄地问我。李德到中央苏区当军事顾问后，在他的错误指挥下，仗越打越窝囊，人越打越少，红军中很多干部战士都有意见。彭军团长骂了李德，我们早有耳闻，心里觉得，该骂！

"把那个烂机器给我扔掉它！"彭军团长看到军团后勤的挑夫队挑着笨重的机器过江，火又上来了。

长征以来，各部队带着"坛坛罐罐"，负担笨重，人马拥塞，过湘江时扔掉一部分，但还有些东西舍不得丢，现在到了乌江边上，挤在了一起。眼前的情景使人不得不着急！

挑夫把机器翻倒在江边，路疏通了，部队很快通过了浮桥，军团长的脸色渐渐舒展了。他望着对岸自言自语地说："人比机器重要得多！"他转身对贺诚部长说："伤病员，只要还有一口气，就要抬着……"说完，他大踏步走上浮桥。

望着军团长的背影，我们几个人的眼睛一个劲发酸……

1935年2月22日，在娄山关通往遵义的大路上，四副担架抬着我们四个团长，排成"一列横队"行进。

姚喆团长坐在担架上，喊着口令"一二一，一二一……"快接近遵义城门的时候，姚团长一声口令："向右看齐！"我们四个人都坐了起来，把头扭向右边，右手五指并拢，伸向帽檐，行了一个庄严的军礼，神情异常严肃。

姚喆是三军团十团团长，他是在遵义会议以后的战斗中，左腿膝部受了重伤，被送到中央纵队休养连伤员班的。这样，伤员班就有四个团长了。

遵义会议以后，我们几个的伤势，同部队的情绪一样，迅速好转。张宗逊师长伤得比较轻，先回了部队，剩下的人也能在担架上坐了。当三军团在鸭溪举行祝捷大会时，中央纵队休养连正在往遵义开进的路上。听到这个消息后，我们几个伤员都兴奋地欢呼起来。

"想想遵义会议以前，我们是么样子哟。'全线出击''两个拳头打人''堡垒对堡垒'，把人、枪都搞光了，真憋屈死人了，现在是么情形，红军有指望了。"钟赤兵政委很感慨地说。

"是啊，退出根据地，叫敌人撵着我们东跑西颠。像狗咬叫花子，边跑边打，各部队又大'搬家'，拖'家'带'口'，啥也想带走，结果，啥也没落着。眼下，你们看！"李团长指着路过我们身边的一部分部队说："这才像打胜仗的样子，看着也叫人心里痛快！"

我心里也默默地回想着往事，为了掩护臃肿的机关过湘江、灌阳、新圩阻击战，十五团顶了两天两夜，我和政委负伤，3个营长牺牲了2个，全团伤亡500多人。想到这，我脱口而出："早这样，8万红军不会只剩下3万。"

离遵义城越来越近了，隐约地可以看见城头上的红旗了。文年生团长忽然提议："咱们都在红军学校学过苏军操典，搞个入城仪式怎么样？以示庆祝遵义会议的胜利好不好？"

"太妙了！"我们几个团长都赞成。

"让彭军团长看见，又该骂我们出洋相了。"钟政委说。

"钟政委，你在后面吧，我喊口令指挥，军团长要是骂，我顶着。"姚团长真有点"无所畏惧"的精神。

"伤员班，四副担架象征我们四个团，成四路纵队，向遵义前进！"

一路上，我们用各种办法来丰富担架上的生活，来充实我们的革命乐观主义精神。

没坐过担架的人觉得舒服，可重伤的人一连躺五六天，也真受不了。尤其这种用两根竹杠穿着，竹篾编成的担架，宽了，中间就折了；窄了，硌得后背长疮。

三渡、四渡赤水时，敌情严重，上级规定：行军时不准说话。渡过金沙江，敌军望江兴叹，情况不太紧张了，部队说笑声多了起来。虽说我们都是团长，可也是 20 多岁的小伙子呀，躺着几天不说话，也快闷死了。

"白团长，唱支歌子吧！躺着心烦。"李寿轩团长侧躺在担架上对我说。

听了李团长的话，我扯开嗓子唱了起来：

> 十月里来秋风凉，
>
> 红军准备远征忙，
>
> 星夜渡过于都河，
>
> 新田、古陂打胜仗！

姚喆团长好起哄，我早有准备，没等他嚷嚷，我立刻就说："姚团长的江西民歌唱得不错！"

钟政委、李团长马上响应，逼得姚团长唱了起来：

> 送得哥哥前线去，
>
> 做双鞋子送给你，
>
> 鞋上绣了七个字，
>
> 红军哥哥万万岁！

伤员班的同志们都扯开喉咙唱起来,有冀中调、湘南腔、闽浙音的。

"能搞点体育活动就好喽!躺着不动,全身酸疼。"姚团长说。

我灵机一动,顺手把一根拐杖伸到他的担架上说:"咱俩拔河比赛!"

姚团长抓住我的拐杖,我因为肩上有伤,不敢用劲,被他一下子拽下了担架。到了一个村子里宿营时,我俩又赛上了,还是姚喆把拐杖夺了过去。

1935 年 5 月的一天,中央纵队休养连渡过了金沙江,和三军团的部队交叉着行军。

到会理附近休息时,我拄着双拐下了担架。忽然,"当"的一声,一块银圆掉在地上。我捡了起来,想我的供给都是警卫员带着,这里怎么还有银圆?

我向旁边一看,钟赤兵政委也从身底下摸出一块银圆说:"咦!谁把银圆丢在我这里?"这件事当晚没有引起伤员班的注意。

到了德昌附近休息时,每个伤员身下都放着许多银圆,在我身下就有 20 多块银圆。大家都明白了:这是我们的战友悄悄送的。

"钟政委,明天行军时,我们找一找送银圆的同志,还给他们吧。"我觉得银圆部队更需要。大家都同意我的看法。

转天,从德昌出发,休养连和三军团十三团(原三军团五师，整编后为十三团）的部队走在一起。我用被单蒙住头装睡觉。一会儿，我感觉到有一只手悄悄地伸向铺在担架上的褥子底下，我一把抓住，睁眼一看，原来是原十五团直属队的一名战士，旁边还有几名战士。

"你这是干什么？我不要！"

"白团长，你们几个人伤得这么重，到了老乡家里，买只鸡补一补吧。"这个战士可怜巴巴地恳求着。

我望着一个个战士消瘦的脸庞，有的战士还负了伤，挂着棍子，吊着臂膀，眼泪"唰"地流了下来。我咬了咬牙，坚决地说："不用，前面的老乡也没有吃的，都让反动派抢光了，你们把银圆拿回去！"这几个战士坚决不收，拔腿要走，我拉住其中一个人的手不放。正在争执着，十三团团长彭雪枫同志骑着马走过来，他已经明白了眼前的事情。

"钟政委，白志文同志，你们就收下吧，这也是战士们的心意呀！"彭雪枫同志也劝我们。

战士们朝前走远了。我们手里捏的银圆还带着他们的体温。这些钱都是部队打土豪得来，分给战士们的，他们舍不得自己用，舍不得留给家里受苦受难的父老姐妹，却悄悄地塞给了我们。不是兄弟，胜似兄弟，我们还能说些什么呢。

彭雪枫同志问我们缺什么，要什么尽管张口。他说："只要我有，就全给你们。"他跳下马来，把马缰绳递给我的警卫员小钟说："马，给你们留着吧！"说完转身步行追赶他的部队去了。

我们几个在担架上支撑着身体，急得大喊："我们要马干什么？你快牵走！"

"会有用的。"彭雪枫同志远远地回了一句。

为了抬我们这些伤员，牺牲了好几位担架员。抬我的第二对江西担架员，已经长眠在黔西的崇山峻岭中了。他俩是江西兴国的赤卫队员，都刚20多岁，个子高矮差不多，四方脸，眼里透着农民的淳朴和对红军的热爱。他们抬着我渡过了乌江，进了遵义，到了扎西。他们抬着我这百十来斤的身躯，跋涉在稻田田埂上。滑倒了，爬起来，爬起来，又滑倒，草鞋陷到泥里，顾不得拔出来，光着脚走，荆棘扎得脚上血直流，见了叫人心痛。在白水城附近休息时，担架员去溪边打水，遇到敌机轰炸，休养连暴露了目标，敌机反复投弹扫射。他们没有防空经验，站立着朝我跑过来，喊叫着："首长，快躲！"他俩被子弹击中，双双牺牲在离我不远的地方。看着他们的血染红了的土地，我痛苦地闭上了眼睛。

每逢换上一对新的担架员，我们心里就颤抖一下，又有两个同志倒下了。过了天全、芦山，准备翻越夹金山，我见到妇女班的贺子珍同志，跟她说，我要自己爬过雪山，不用别人抬。贺子珍同志不同意。贺子珍同志跟随中央纵队休养连长征以来，一直是全连的表率。从于都出发到雪山脚下，1万多里地一直步行，途中遇敌机轰炸，身上受了伤，组织上为了照顾她，给了一副担架她不坐，休养连又给她找了一匹老骡子，她也从不骑，只是上山时才揪住骡子尾巴。因为她很平易近人，经常帮助我们伤员料理生活，同喝一锅野菜汤，我们有些话都愿意跟她说。

贺子珍同志越是不同意，我越坚定了自己翻雪山的决心。我不能眼瞅着女同志走过去，自己被抬过去，看着别的同志为自己牺牲，我受不了。明天就要过雪山了，伤员班的人早早地休息了。清晨，我悄悄地起了床，警卫员小钟跟上我，离开了休养连，跟在三军团的部队后面。"唉！伙计，你在这里！""怎么？你们也来了！"我一看，姚喆、李寿轩、文年生都带着警卫员，拄着拐棍，钟赤兵政委由两个人搀扶着，来到三军团的队伍中。"再见了，休养连！等我们自己爬过山，再见面吧！"文团长低声说着。

"不！我不能和休养连再见，只要我自己能爬过雪山，我就回部队，死活我不让别人抬了！"我心里暗暗地说。

把敌人挡在湘水前面

李天佑

1934 年 11 月末，长征中的中央红军，在突破敌人的第三道封锁线以后，以急行军的速度向湘水兼程前进。因为敌人早已发现了我军西进的意图，利用湘江这条天然障碍，构成了第四道封锁线：左右有桂敌湘敌夹击，后有第五次"围剿"中的中央军主力和广东军队的尾击，企图在全州、兴安、灌阳之间一举消灭我们，情势是十分危急的，我们必须打过江去！

当时，我任红三军团第五师师长。行至文市附近，部队经过半日休息之后，正准备继续前进，译电员走过来，递给我一份电报。电报是军团发来的，命令我们师十四、十五团（十三团调归军团直接指挥）立即行动，赶赴灌阳的新圩附近，阻击广西军，保证整个野战军的左翼安全，掩护中央机关纵队过江。电文的语句像钢铁铸成的——"不惜一切代价，全力坚持三天至四天！"

任务是艰巨的。就在道旁，我打开了地图，借着手电的亮光，找到了阻击位置，当即向部队下达了命令：行进方向转向西南，以急行军向新圩前进。

下午 4 点多钟，我们赶到了预定的地点。显然敌人是掉队了，我们比敌人先到达了这里。派出了侦察警戒以后，我和师政治委员钟赤兵同志、参谋长胡震同志及两个团的指挥员、政治委员来到原定阵地上。这里离湘江有七八十里路。一条通往灌阳的公路正在我们面前通过，这是敌人进逼江岸的必经之路。公路两侧则是一片连绵的丘陵地带，紧紧地扼住公路的道口。时间已是深秋了，公路两侧稻田里的庄稼已经收割，但树叶还没有脱落，满山的松树和簇簇的灌木丛，约有一人深，刚好成了隐蔽部队的场所。但是这个地形也告诉我们：一定要在这片山岭上守住，否则，从背后的新圩直到江岸，就是一片大平川，无险可守了。我们把部队布置如下：十五团在左翼，十四团在右翼，师的指挥所就在离前沿二三里路的地方。还有临时归我指挥的武亭同志带领的军委"红星"炮兵营，也配置在适当的地方。

刚刚布置好，侦察员送来了报告，敌人是广西军队第七军的 2 个师，由夏威率领，离这里已经不远了。以现有的 2 个团来对付敌人的 2 个师，兵力的悬殊是很明显的。而且，我们的部队经过一个多月的长途连续行军，部队减员很大，也很疲劳。更重要的是，从这里到新圩只有十二三里路，又没有工事。在这样的情况下，估计坚持两三天有把握，四天就有困难了。但是部队的情绪还是高涨的，我和师政治委员十分信赖我们的战士们：为了打击敌人，为了党中央的兄弟部队的安全，他们会做出奇迹来的。

我把我的想法告诉了参谋长胡震同志。他正对着地图出神，显然也是想着同样的问题。听了我的话，他把拳头往桌子上一砸："让他们来吧，只要有一个人，就不让他们到新圩！"

他的信心也有力地感染了我。我们一道给军团首长起草了一份电报：保证完成任务！

一切准备就绪，敌人也赶到了。敌人的企图是十分明显的，他们正沿着大路疾进，想快些赶到新圩，来控制我们渡河前进的左翼。但是却被我们这只铁拳头迎头挡住了。

战斗一开始，就十分激烈。敌人在猛烈的炮火机枪掩护下，向我们的前沿阵地猛扑。我走出指挥所，站在一个山头上向前沿阵地观察。指挥所离前沿不过三里路，在望远镜里一切都清清楚楚，敌人的排炮向我们前沿猛击。一时，卧在临时工事里的战士们全被烟尘遮住，看不见了。敌人整营整连暴露地向前沿冲击，越走越近。但是我们的前沿还是沉寂着，仿佛部队都被敌人的炮火杀伤完了。但是，当敌人前进到离我们只有几十米，突然腾起了一阵烟雾——我们成排的手榴弹在敌群中爆炸了。战士们像从土里钻出来似的，追着溃退下去的敌人的屁股射击。"红星"炮兵营的炮弹也在敌群中炸开了。敌人的冲击垮下去了。这个情景使我想到不久以前我们师所进行的高虎脑战斗。那时，我们的战士们也是这样杀伤敌人的。从敌人溃退的情况来看，我们给敌人的杀伤是不小的。但是，因为我们没有工事，在敌人的炮火和机枪扫射下，我们也付出了相当的代价。

第一天在连续不断的战斗中过去了。从第二天拂晓起，战斗更加激烈。敌人加强了兵力、火力，轮番冲击，并以小部队迂回我们。

情况越来越紧张。前沿的几个小山头丢失了。我知道，这不是由于我们的战士不勇敢，有的山头是全部战士伤亡之后才被敌人占领的。

伤亡增多了，一列列的伤员从我们身旁抬到后面去。

十四团报告：团政治委员负了伤。

十五团参谋长何德全同志来电话：团长、政治委员负伤，两个营长牺牲，全团伤亡500余人。

团、营指挥员有这样多的伤亡，部队的伤亡是可以想见的。而在当时各团人数并不充实的情况下，一个团伤亡五六百人，也说明我们付出的代价实在不小。但是，尽管如此，我们的部队还在顽强地坚持着。

这时，军团的电报不断传来后面的情况：

"'红星'纵队正在向江边前进。"

"'红星'纵队已接近江边。"

"'红星'纵队先头已开始渡江。"

几乎每一份电报都要求我们"继续坚持"。我知道，我们的任务是繁重的，稍一不慎，让敌人进到新圩，那后果就不堪设想了。但我也深深地感觉到：我们的后方机关太庞大了，从第五次反"围剿"防御失败以后，仓促地转入长征，又不好好地精简组织，坛坛罐罐什么都带上，使得我们的行动迟缓，有些能够摆脱的形势也摆脱不了，不能主动歼敌不说，现在还不得不付出更大的代价来掩护这庞大的机构转移。我不由得暗自希望中央纵队走快一些——他们走快一步，这里就减少一点伤亡。

我和钟政委简单地交换了一下意见，走到参谋长身边，告诉了他各团的情况。

"十五团团长白志文负伤了，政治委员罗元发也负伤了。"我说，"你去负责，要组织他们顶住。在黄昏以前，一个阵地也不能失掉！"

他严肃地点点头，没有说什么。我知道，在这种严重情况下没有什么好说的。

我接着抓起电话，找十四团的黄冕昌团长。我要他适当收缩一下兵力，把团的指挥所转移到我们师指挥所位置上来。

敌人的机枪、炮火已经打到师指挥所旁边来了。黄团长冒着弹雨来到我这里。他刚来到，十五团就来了电话，他们报告，师参谋长胡震同志牺牲了。他是在刚才反击敌人的一次攻击中指挥战斗时牺牲的。

我手握着电话机愣了好大一会儿。我几乎不能相信这是真的，才这么短的时间，他就牺牲了。胡震同志到这师里还不久，但我们相识却很久了。早在瑞金红校学习时，我们就在一起。他年轻、勇敢，指挥上也有一套办法。但是，永远不能再见到他了。

我硬压住自己痛苦的心情，把这个不幸的消息告诉钟政委，也告诉了黄团长。接着，向他谈了谈中央纵队渡江的情况，并严肃地交代他："无论如何不能后退。"说到这里，我不由得想起战斗开始时，胡震同志用那响亮的湖南口音说过的话，我重复了他一句："只要有一个人，就不能让敌人到新圩。"

可是，当我刚刚到达新的师指挥所时，又接到了报告：黄冕昌同志也牺牲了。

这时已是下午。我们已整整抗击了两天，中央纵队还在过江。现在两个团的团长、政治委员都已牺牲或负伤了，营连指挥员也剩得不多了，负伤的战士们还不断地被抬下来。但是，我们是红军，是打不散、攻不垮的。我们的战士在"保卫党中央"这个铁的意志下团结得更紧，伤亡的指挥员有人自动代理了，带伤坚持战斗的同志们越来越多……我们以拼死的战斗，坚持着第三天更险恶的局面，阵地仍然是我们的。敌人被拦在这几平方公里的山头面前，不能前进！

下午4点多钟，接到了军团的电报：中央纵队已突过了湘江，正向龙胜前进，我们的阻击任务已经完成。军团命令我们把防务移交给六师，部队迅速过江。

我把来电仔细地看了两遍。我轻轻地吐出了一口气，紧紧握住钟政委的手："好，中央纵队总算安全地渡过江去了，我们的任务完成了！"

我一面等待着六师的到来，一面向部队发出了准备撤退的命令。

无论敌人何等的凶恶、强大，要想消灭革命的武装力量——中国工农红军，是不可能的。那些为了红军的生存，为了革命胜利而牺牲的烈士们，他们以自己的胸膛阻住敌人，保存了革命的力量。

烈士们永垂不朽！

浴血奋战在湘江之侧[*]

韩　伟

　　中央苏区第五次反"围剿"失败后，王明"左"倾教条主义者畏败如虎，在仓促率领中央红军实行战略转移中，又消极避战，结果，在突破敌人第四道封锁线的湘江战役时，险遭覆灭，8.6万余人锐减为3万多人。担任全军殿后的我红五军团三十四师浴血奋战，出色地完成了掩护党中央、中革军委领率机关和中央红军主力抢渡湘江的任务。终因敌众我寡，孤军作战，弹尽粮绝，全师大部壮烈牺牲。

　　我们红三十四师是10月中旬从兴国县出发的。当时我在一〇〇团任团长。长征开始的半个多月，敌情不是很严重，前进比较顺利，每天行程五六十里。我们部队还分别在小岔、新城两地各休息了一天。进入广东、湖南境地后，情况就紧张了。

---

　　*　本文原标题为《红三十四师浴血奋战在湘江之侧》，收录时做了适当修改。

11月26日，我们团进至道县以南葫芦岩。突然师部来了通知，要我和政治委员侯中辉同志立即去军团受领任务。军团部驻在湘桂交界的蒋家岭，我两一路小跑，快到蒋家岭时，只见刘参谋长和董军团长大步迎了上来。不一会儿，陈树湘师长和程翠林政委也赶来了。这是军团首长单独召见我们师团干部布置任务。董军团长首先说：现在，蒋介石调集的40万"追剿"军向我步步紧逼，情况很严重。朱总司令命令全军组成4个纵队，迅速从兴安、全州之间抢渡湘江，前进到湘桂边境的西延山区。他还传达了中革军委的具体部署。

接着，刘参谋长介绍了敌情：何键第一路军已由东安进至全州、咸水一线，第二路军一部进至零陵、黄沙河一线，第三路军尾随直追，第四、第五路军向东安集结。他指出敌人的企图是，前堵后追，南北夹击，围歼我军于湘江之侧。讲到这里，刘参谋长拿出一份军委电报向我们宣布：红三十四师目前任务是，坚决阻止尾追之敌，掩护红八军团通过苏江、泡江，而后为全军后卫；万一被敌截断，返回湘南发展游击战争。读毕，他以极其坚定的语调说："红三十四师是有光荣传统的部队，朱总司令和周总政委要我告诉你们，军委相信红三十四师能够完成这一伟大而艰巨的任务。"

师长、政委、老侯和我，几乎不约而同地宣誓："请军团首长转报朱总司令、周总政委，我们坚决完成军委交给的任务，为全军团争光！"

离别刘参谋长、董军团长的时候，两位首长紧紧地拉着我们的手，依依不舍，一一叮咛。那种阶级爱、同志情，当时感人泪下，至今记忆犹新。万万没有想到，那次分离竟成了我们和董军团长的永别。1937年1月20日他在高台县与敌作战中以身殉职。几十年来，我一直深切地怀念着这位党和人民的优秀儿子，深受干部、战士爱戴的领导人。

回来的路上，陈师长边走边说："根据上级指示和我师情况，我考虑由韩伟同志率一〇〇团先行，疾进灌阳方向，接替红六师在红树脚地域阻止桂敌北进之任务；我带师部和一〇一团居中、程政委带一〇二团跟进，在掩护红八军团通过苏江、泡江后，迅速西进，在文市、水车一线占领有利地形，阻击追敌周浑元等部，保证主力部队渡过，如果没意见，就分头行动。"

任务明确后，我和侯政委商定：我率领一营在前，他指挥二营、三营和团直跟进，立即出发。当我带领一营进至猫儿源地域时，桂敌3个师大部已先我通过红树脚地区，切断了我之通路，其先头部队继续向板桥铺、新圩疾进。

原来，在我团向灌阳方向疾进时，中央红军先头部队红二师、红四师各一部，已于11月27日晚顺利渡过了湘江，并控制了界首至脚山铺间的渡江点。由于全军前后相距150多里，山区道路狭窄，辎重过多，几万人马在山中羊肠小道行进，拥挤不堪，这种大搬家式的行军一夜只能翻一个山坳，一天只能走一二十里路，非常疲劳。加之，红八军团一度走错了方向，前面的部队又要等他们。这样，本来一天一夜急行军即可赶到湘江的路程，却走了三四天。而敌人呢，走的是大道，有的乘坐汽车，从四面八方逼近湘江，形势越来越严重。

11月28日，敌"追剿"军第一路向我先头部队红二师之脚山铺地区发动进攻。桂敌主力则沿板桥铺、新圩向前推进。同时，敌人还出动大批飞机，滥施轰炸，封锁湘江。29日，装备精良、5倍于我之敌向我发动全面进攻，情况万分危急。

30日，在我红三十四师阻击阵地上，战斗空前激烈。追敌是蒋介石的嫡系周浑元指挥的第三路军4个师。该敌自恃兵力雄厚，美式装备，来势汹汹，妄图一举消灭我军，反革命气焰嚣张至极。在猛烈炮火和飞机轰炸的配合下，轮番向我进攻，好像用大量的炮弹就可以一下子吃掉我们。我师广大指战员依靠大无畏的英雄气概和顽强的革命精神，杀伤了大量敌人，打退了敌人一次又一次进攻。

是日晚，受到重创的敌人经过调整部署后，向我军发动了更疯狂的进攻。整个阵地上空，信号弹、照明弹，各种炮弹的火花交织在一起。守卫在前沿阵地的我团二营营长侯德奎响亮地提出："誓与阵地共存亡，坚决打退敌人进攻，保证中央机关和兄弟部队抢渡湘江。"在他的指挥下，全营干部战士与敌人进行了殊死搏斗。弹药打光了，红军指战员就用刺刀、枪托与冲上来的敌人拼杀，直杀得敌人尸横遍野。

我团一营有位福建籍的连长，在战斗中身负重伤，肠子被敌人炮弹炸断了，仍然带领全连继续战斗。阵地上空铁火横飞，前沿工事被摧毁，山上的松树烧得只剩下枝干，部队伤亡越来越大，但同志们仍英勇坚守着阵地，继续顽强地战斗着。

与此同时，在第一〇一团、第一〇二团阵地上，也是烟尘滚滚，杀声震天，他们都打得很英勇，许多同志负伤不下火线，终于顶住了数倍于我之敌的疯狂进攻。在激烈的血战中，全师指战员前仆后继，付出了重大的代价，师政治委员程翠林同志和大批干部、战士献出了宝贵的生命。他们的英雄业绩永垂青史。由于我师全体指战员浴血奋战，迟滞了周浑元部的进攻，掩护中央、军委和兄弟部队于 12 月 1 日晨渡过了湘江。

中央军委和中央红军主力抢渡湘江之后，我们红三十四师和红六师一个团被敌人阻隔在湘江之东，西去的道路被敌人切断，部队处在湘军、桂军、中央军三路敌人的包围之中，形势极为严重，指战员心情万分焦急。

在继续抢渡湘江已无希望的情况下，陈师长当机立断，率领部队东返，准备沿原道转至湘南打游击。当我们进至青龙山附近，与敌一部遭遇，部队迎头痛击，打垮了该敌。次日下午，又在新圩与追堵之敌激战三个多小时，虽歼敌一部，自己也再次遭受损失。这时，敌人调整部署，对我们实施四面包围，妄图将我一举歼灭。于是，陈师长召集师团干部，宣布了两条决定：第一，寻找敌人兵力薄弱的地方突围出去，到湘南发展游击战争；第二，万一突围不成，誓为苏维埃新中国流尽最后一滴血。

正当我们红三十四师准备突围的时候，广西敌人一部先向我发起了进攻。面对疯狂的敌人，我广大指战员同仇敌忾，集中兵力火力，勇猛反击。敌人被我们打得晕头转向，又摸不清我们的底细，急忙后撤。这次胜利，鼓舞了指战员的信心。但我们毕竟是孤军作战，又处在白崇禧的统治区，兵力、粮食、弹药都得不到补充，既无兄弟部队配合，又没有群众支援。再说，敌人失败后，肯定要纠集重兵进行报复。据此，我向师长建议："乘胜立即突围，不能错失时机。"大家都赞同这个意见。陈师长当即决定：由我指挥本团部队掩护，他和师参谋长王光道率领师直及第一〇一团、第一〇二团余部共四五百人，迅即向东突围。

为了掩护师突围和转移，我和第二营营长侯德奎同志，将全团不足1个营的兵力集合起来，编成3个连，由我和他直接指挥，并重新任命了连、排干部，向部队做了动员，要求全体指战员发扬红三十四师打不垮、拖不烂的光荣传统，在最困难的时候，要看到光明，树立信心，争取胜利；要求每个同志，特别是党团员和干部，要身先士卒，冲锋在前。不怕流血牺牲，坚决完成掩护师突围的任务。干部战士摩拳擦掌，士气高昂，决心为牺牲的战友们报仇，充分表现了红军战士压倒一切敌人的英雄气概和一往无前的革命精神。

当天深夜，突围开始了。虽然部队在山区拖来拖去，三四天没有吃上一顿热饭，没有喝上一口水，肚子饿，身上冷，全身无力，尤其是伤病员行走更为艰难，但是，为了革命胜利，指战员忘了极度的疲劳、饥饿和伤痛，大家互相关心，互相照顾，同志们都深切地体会到，多一个人，就多一分力量。当我们刚刚通过猫儿源附近，正准备向长塘坪前进时，敌人突然扑了上来。在这千钧一发之际，我团新组成的3个连集中仅存的全部火力，迎头反击敌人，直到子弹打完了，就和敌人拼刺刀。干部、战士只有一个念头——"坚决打退敌人的进攻，保证师胜利突围"，一场恶战在残酷地进行着。

扑上来的敌人，终于被我们打垮了。然而，部队又受到了重大的伤亡，全团仅剩下30多个人，并且和师的余部失散了。为了保存革命的种子，我宣布立即分散潜入群众之中，而后设法找党组织，找部队，后来得知，陈师长率领的师直和另两个团余部在湖南江永县左子江遭敌袭击，陈师长身负重伤，战士们用担架抬着他继续指挥战斗，不幸在道县落入敌手。敌保安司令何汉听说抓到一个红军师长，高兴得发了狂，命令他的爪牙抬着陈师长去向主子邀功领赏。陈师长乘敌不备，用手从腹部伤口处绞断了肠子，壮烈牺牲，时年29岁，实现了他"为苏维埃新中国流尽最后一滴血"的誓言。敌人残忍地割下了陈树湘同志的头，送回他的原籍长沙悬挂在小吴门的城墙上，其余100多人，也终因敌人重围弹尽粮绝，最后大部光荣献身。

湘江战役中，我们红三十四师广大指战员发扬我军不怕流血牺牲和连续作战的光荣传统，前仆后继，浴血奋战，战功卓著，出色地完成了中革军委赋予的光荣而艰巨的任务，掩护党中央、中革军委和中央红军主力突破敌人第四道封锁线抢渡了湘江。全师大部壮烈牺牲。

我这个红三十四师的幸存者，有责任将红三十四师这段悲壮的史绩写出来，除了寄托我对先烈们的深深怀念和哀思外，也希望对我们年轻和不那么年轻的后辈们有所启迪：革命的成果来之不易啊！

从黎平到遵义*

聂荣臻

1934 年 12 月，红一军团第二师五团打开通道县城后，继续西进，经雀鹰坡、新厂，进入贵州境内。贵州军阀王家烈的部队，几乎都是双枪兵，一杆步枪再加一杆鸦片烟枪，战斗力较差，比较好打。

12 月 14 日，我六团会同三团抢占贵州黎平，黎平当时有王家烈守敌 1 个团，我军进攻，他们即放弃黎平，散在城外各地。随后，我们一军团以 1 个师的兵力驻守黎平，一面驱逐城外的黔敌，一面保障中央政治局在黎平开会。黎平会议是一次重要的会议，经过毛泽东同志的努力说服，许多同志改变了观点，同意了毛泽东同志的正确意见。12 月 18 日，中央政治局做出了关于在川黔边建立新根据地的决议，预定遵义为新根据地的中心。这是一个十分重要的决议，是我们

---

* 本文节选自《红一方面军的长征》，收录时做了适当修改。

战略转变的开始。其中最主要的是指出，去湘西已不可能也不适宜，决定向遵义进发。这样一下子就把十几万敌军甩在了湘西，我们争取了主动。12月18日，军委为了充实战斗部队，紧缩机关，还下令撤销八军团，并入五军团，军委一纵队、二纵队合并为军委纵队，由刘伯承同志担任司令，陈云同志任政治委员，叶剑英同志为副司令员。

黎平会议后，我军即改向遵义进发。但欲取遵义，必须先跨越天险乌江，一军团受命先渡乌江，二师由军委直接指挥，一师由林彪和我率领，分别在江界和回龙场两地同时强渡乌江，中央纵队则在二师后跟进。1935年1月2日，二师和一师在预定地点渡江成功。渡江战斗比较激烈的是在二师方向。

二师在江界渡乌江先取得了成功。12月30日，二师由陈光带领四团走前卫，飞速抢占了乌江南岸的江界河渡口。占领时，敌人已经把南岸的一些茅屋放火烧光了。敌人撤到了北岸，正抢修工事。

四团团长耿飚同志和政委杨成武同志，亲自化装冒雪到江边侦察。他俩看到的乌江真是险峻。乌江南岸要下10里壁陡的石山，才能到达江边，北岸又要上10里地的陡山，才能走上通遵义的大道。乌江正是在墨乌色的峡壁间流过。乌江江面倒不算宽，只有250米左右。可是流速却每秒达1.8米，整个乌江像一条乌青色的蛟龙向东北奔腾，无论投下一片什么东西，转眼就被冲得无影无踪了。难怪群众称它为乌龙江了。为了搞清对岸敌人的兵力火力配系，四团对敌人进行了火力侦察，诱引敌人不断朝南岸射击。驻守北岸的敌人是军阀侯之担的一个旅。耿飚和杨成武同志根据敌人发出的火力，观察敌人的工事，分析敌人的兵力部署，再参照老百姓的介绍，哪里是敌人的排哨、连哨，哪里是敌人的团预备队，哪里是旅预备队，都做出了判断。

第二天，先在渡口组织佯渡，吸引敌人的注意力。同时在上游500米处，又组织了以三连连长毛振华为首的8位善于游泳的勇士试渡。结果，由于准备架桥的粗绳索被敌人的炮弹打断没有拉过去，未能达到预期的目的，只得又游了回来。

晚上组织了18位勇士乘竹筏偷渡，只有以毛连长为首的5名勇士所乘的第一筏渡河成功。第二、三两筏都渡到中流被水卷回来了。当时我们并不知道第一筏渡河成功，以为它被激流卷走了。偷渡基本未成。

2日天刚拂晓，军委副参谋长张云逸同志赶到了四团。他告诉四团，后面追踪的薛岳纵队，已经离这里不远了，督促四团迅速完成渡江任务。否则，有背水作战的危险，他带来了一个工兵连，协助完成此次紧急渡江任务。

2日晚上9点，四团紧急动员，绑扎了60多个竹筏，以三个竹筏为先头，组织强渡，成功了。他们与第二次偷渡过去在对岸峭壁下隐伏了一天的毛连长等5名勇士互相配合，把敌人河岸阵地上的守军打垮了。一营的部队赶紧过江，这时敌人的预备队也到了。敌人居高临下，我们是仰攻，地形十分不利，一营被迫退守江边，幸亏军团炮兵连连长、神炮手赵章成同志连打三发炮弹，把向我滩头阵地猛冲的敌人压制住了，一营乘势反击，才将敌人全线击溃。

桥架起来了，军委纵队和后续部队安全过了乌江。

与此同时，一师在龙溪回龙坝渡口组织强渡，稍晚半天，也成功了。一师一团任前卫，1月2日上午，指战员不顾风雨交加，赶到了大乌江渡口。团长杨得志、政委黎林同志亲自到渡口指挥：前卫营为一营，营长是孙继先同志。前卫营一踏进河滩，守在对岸敌人的一个团就向我前卫营开火。杨得志同志立即组织火力压制敌人。几发炮弹就将敌人一座用破庙改成的据点轰飞到半空中去了。此处江面只有100来米宽，可两岸也是悬崖陡壁，没有渡河工具，别说木船没有，就是木架都早被敌人搜走了。他们扎制竹排，组织了8名会泅水的勇士乘暗夜偷渡，因为风急浪高，竹排被冲到下游，很多同志都落水了，没有成功。随后再接再厉，组织了十几名勇士，选择下游水势较缓的地方强渡，成功了。第二天上午11点，一团胜利地渡过乌江。浮桥也搭成功了。我随一师渡过乌江，就向湄潭进发。湄潭城外是开阔地，没有敌军防守，我们就顺利地占领了湄潭。后续部队也陆续安全地渡过了乌江。

渡湘江之后，我的脚化脓了，住在一家壮族老百姓家里，由一个外号叫戴胡子的医生给我开了刀。这样，我行军就得坐担架。坐担架行军，对频繁作战的军团来说，不免增加累赘。于是，我有时就跟着军委纵队行动。

坐担架给了我思考问题的机会。显然，自从1931年1月，我党召开六届四中全会以来，王明跃居中央最高领导的地位之后，王明路线越来越占上风。王明这个人，大革命时期在武汉我就认识他。他那时给共产国际派来的米夫当翻译。此人爱夸夸其谈，傲慢得很，教条气十足，我那时就讨厌他。但从路线上认识他，也经历了一个过程。从白区到中央根据地，越是深入群众，深入实际，就越是感到王明等人推行的这条路线是错误的。我逐步形成了坚定认识，只要毛泽东同志的主张得势，革命就大发展。反过来，如果王明路线占上风，革命就受挫折，红军和根据地老百姓就遭殃。事实都是摆在那里的。中央根据地三次反"围剿"以前，红军几乎是连战皆捷，根据地得到大发展。到第四次反"围剿"，运用毛泽东同志的战略战术，仍然取得了伟大的胜利。可是，第五次反"围剿"就不行了。第五次反"围剿"固然敌情发生了很大变化，但是，从对敌斗争来说，根本问题还是个领导问题、路线问题。1933年年初，临时党中央从上海迁到了中央根据地，军事顾问李德1933年9月也进了根据地，一切指导思想、战略方针都变得一反常态，变得特别"左"，特别不切实际。尤其是1934年六届五中全会以后，王明"左"倾路线在中央根据地占据统治地位，毛泽东同志在中央已经几乎没有发言权。"左"倾冒险主义者甚至胡说，第五次反"围剿"的斗争"即是争取中国革命完全胜利的斗争"。他们胡搞八搞，使红军蒙受巨大损失。渡过湘江，中央红军只剩下3万多人，这都使我焦虑不安。我躺在担架上冥思苦想，为什么不能让毛泽东同志出来领导？黎平会议虽然开始转变了我军战略方向，不再往敌人布置好的口袋里钻了，但领导问题不解决，我军就难以彻底地由被动变为主动。这不只是我个人思考的问题，也是当时广大红军指战员思考的问题。这些问题已经提到中国革命的议事日程上了！后来知道，由于从湘南起，毛泽东同志对李德以及博古同志的错误做法不断有所斗争，为了解决党内意见分歧，黎平政治局会议已经决定在适当时候召开政治局扩大会议，以便审查黎平会议的决定和总结第五次反"围剿"以及长征以来军事指挥上的经验教训。

那时，王稼祥同志（总政治部主任）因为在中央根据地第四次反"围剿"后，被飞机炸伤，也坐担架，我们就经常在一起交换意见。事实证明，博古、李德等人不行，必须改组领导。王稼祥同志提出，应该让毛泽东同志出来领导，我说我完全赞成，我也有这个想法。而这个问题，势必要在一次高级会议上才能解决。

1935年1月初，我军渡过乌江，接着打开遵义，为召开这样一次会议创造了条件。打遵义，二师六团是攻城部队。渡过乌江以后，六团团长朱水秋、代理政委王集成同志就接受了攻取遵义的战斗任务。他们把一切攻坚的准备工作都做

146

好了。这时，总参谋长刘伯承同志赶到了他们部队，他当时对干部讲："现在，我们的日子是比较艰难的，既要求仗打得好，又要伤亡少，还要节省子弹。这就需要多用点智慧喽!"后来随着情况的发展，这次攻打遵义的战斗，实际上变成一次智取遵义的战斗。

1月6日，六团离遵义还有半日行程。侦察员来报告说，离遵义30里地，有敌人的一个外围据点。刘伯承同志指示六团要先歼灭这股敌人，而且要保证不准有一个漏网，否则就会影响打遵义，于是当日下午3点，六团二营就以迅雷般的动作，冒雨对这个据点展开了奇袭，全歼了这股敌人，果然做到了无一漏网。并立即对俘虏兵做好了争取工作。由一营营长曾保堂带着团侦察排，全部换成俘虏的衣服，化装成敌军，由俘虏兵带路，全团跟在他们之后，向遵义前进。当时六团做了两手准备，争取诈开城门，如诈不开城门，就强攻上去。结果敌人真以为是从外围据点败退回来的自己人。1月7日凌晨，我们二师进了遵义城，取得了智取遵义的胜利。

打开遵义以后，我随军团部紧跟二师进了遵义城。遵义是黔北的首府，是贵州第二大名城。这里是黔北各种土产的集散地，是汉苗黎各族商旅云集之所，市面十分繁华，既有新城，又有老城，一条河流从中间穿过，是红军长征以来所经过的第一座繁华的中等城市。

我和刘伯承总参谋长步入这座城市时，看到二师的部队已经在准备宿营了。这可不行，军委命令我们，乘胜追击由北门逃跑的黔敌三个团，直到占领娄山关、桐梓，就是说任务还很重！六团昨天是比较疲劳了，四团这个主力团还未怎么使用哩。于是我们与二师领导商定，使用四团为先头追击部队。

当刘伯承参谋长给四团明确任务，要他们立即出发去占领娄山关和桐梓时，他们虽然满口答应，但却可以看出面有难色。这也不难理解，他们刚到遵义城，屁股还没有坐热就又要出发了，政治思想工作的确难做哩。

我对四团政委说："杨成武同志，你是政委，要向同志们说清楚：任务紧急，不能在遵义停留。早饭也不能在这里吃，到路上去吃干粮，完成任务后，再争取时间好好休息。"

杨成武和该团团长政委都一致保证坚决完成任务，立即吹集合号，把部队集合好就出发了。

四团朝着去四川的孔道、兵家必争之地的娄山关前进。1935年1月10日，四团快进到娄山关时偷听到敌人的电话，知道了敌人在娄山关一带的部署，就派了一支部队，从板桥镇绕小路插到了娄山关的侧后，攻占了娄山关。紧接着又打开桐梓县城。一军团的部队集结在桐梓一带休整。少共国际师即第十五师，这时撤销番号并入了一军团。这之后，四团又向前伸，先占领了牛栏关，14日在新站与敌人遭遇，击溃敌人两个团，乘胜追击，16日又占领了松坎。

中央军委纵队9日进入遵义城。由刘伯承同志兼任遵义警备司令。我和林彪奉军委指示，从 14 日开始，将部队的日常工作，交给参谋长左权和主任朱瑞，专心致志地去参加中央政治局扩大会议了。由于我军突然转向遵义，一下把十多万"追剿"军甩在了乌江以东和以南。何键虽仍为"追剿"军总司令，但他率领 20 个团到常德地区与二军团、六军团作战去了。四川刘湘的部队摆在长江南部一线，搞不清虚实，不敢轻进。蒋介石虽然令粤桂军队赶快北上遵义，但贵州不是他们的地盘，显然不积极，仍滞留在黔南榕江等地。黔敌不经打，一触即溃。只有蒋介石的嫡系薛岳、周浑元纵队比较积极，但被阻隔在乌江以南，也难以很快采取行动，这为我们召开遵义会议提供了可贵的时机。

丢掉"包袱"轻装前进[*]

裴周玉

1934 年 10 月，第五次反"围剿"失败后，党中央做出了从苏区撤退的战略决策，中央红军开始了长征。当时，我在中央纵队第二梯队中央教导师工作。

经过艰难的行军之后，部队快要进入湖南与粤北交界的南岭山脉的九峰山。它的南面是广东的乐昌、韶关，北面是湖南的宜章、郴州。我们中央教导师是由汝城县南的井坡出发翻越这座大山的。

九峰山，从山脚到山顶，苍黑如墨，怪石林立，凸出的地方像一个个直立的巨人，凹进的地方像一眼望不到底的深洞。就连我这个生长在湖南平江山区的人，也没见到过这样起伏连绵不绝的大山。

我们爬上一个山顶，前面又是成片的大山和悬崖，有一

---

* 本文节选自《踏上艰难的征途》，收录时做了适当修改。

个名叫虎背山的，东西长不过几百米，南北最狭处只有几十米，北边是一条似巨斧劈开的十几米宽、150多米深的山沟，名叫"一线天"，山沟的中间有一条日夜奔流不息的小溪，小溪两边的陡壁直上直下。我们从这个山梁上通过时，大家都紧紧地拉着骡马，挑着担子，背着行李，手抠着石缝，身子紧贴着石壁一点一点、一寸一寸地往前蹭，每挪一步都捏着一把冷汗，走到山梁最狭窄处也是最陡的地方，谁也不敢向下看一眼，眼睛紧紧盯着前一个人走过的地方和手抓过的地方，唯恐稍不留意就连人带物跌入山谷粉身碎骨。

翻越九峰山的陡坡时，那些个机器部件就更难通过了。战士们虽然一开始就极不情愿抬这些机器，但还是千方百计想办法去克服困难，把机器抬上来又搬下去，越过了一个又一个险坡，爬过了一道又一道山梁。每一个陡坡，每一道山梁，每一段悬崖都留下了红军战士血的足迹，都留下了长眠的亲密战友，这些笨重的机器压在战士肩上已走过了1000多里路程。面对险峻的九峰山，人过去都提心吊胆，十几个人抬着机器连个下脚的地方都没有，路窄的连机器都放不下，人抬上它怎么走呢？师首长们也一筹莫展，实在是没办法，只得向军委请示丢掉这些沉重庞大的机器。第二天军委批准了我们的请示，同意我们对实在无法通过的大件担子自行销毁处理。

这个决定一公布，山坡上立即沸腾起来，"叮叮当当"

的敲打声，"轰隆隆"的滚动声和拍手叫好声响成一片。战士们把那些已经毁坏了的机器丢进深山峡谷，从此，教导师总算甩掉了100多件最大最重的"包袱"，只剩下400多件箱子包裹了。过了九峰山部队又顺利地爬过大王山，行军的速度也快了一些，每天六七十里的路程由过去的十六七个小时减到十一二个小时，虽然还带着400多担物资行军，都被拖得很疲劳，但已没有头一个月那么艰难，晚上还能进村宿营，睡上五六个小时的好觉。饥饿的情况也有好转，基本上能吃饱肚子了，有时还能买到菜吃。部队的情绪也开始好转，怨言减少，战斗士气更旺盛了。

我们进入湖南地区后，蒋介石的主力部队还没有完全赶到。为了实现与二军团、六军团会合的目的，部队仍日夜不停地继续向西挺进。摆在我们面前的不仅有几十万敌人的前堵后追，还有湘、桂边境海拔2000多米高的都庞岭、越城岭两座大山，以及横着的两条大江——潇水和湘江，其中最困难的是渡湘江。

如果我军占领道县后就迅速抢渡湘江，敌人尚未发现我军强渡湘江的意图，兵力也尚未调集好，蒋介石的主力大都在道县以北一线，此时广西境内湘江这一段还是比较空虚的。而道县距湘江仅200余里，若是中央决心果断，没有中央纵队这些坛坛罐罐的拖累，部队快速行军的话，只要两天就能赶到湘江边，可以较顺利地渡过湘江。

然而，那400多件大包小箱的物资拖得部队无论如何也走不快，所以 11 月 25 日军委才下达了强渡湘江的命令。

这时，敌人也已看出我军通过湘江向湘西与二军团、六军团会合的意图。蒋介石迅速调集了 7 个军、20 个师的兵力，形成了对我军的四面包围之势，企图把红军合围在湘江边上全歼，而我军完全处于一种被动挨打的局面。

我们选择了广西境内界首与全州之间的正面做渡口架设浮桥，强渡湘江。

在这次紧张的渡江战斗中，一军团、三军团不仅要抵抗敌人，保障自己部队渡过江去，而且要不惜一切代价保障党中央领导机关安全渡过湘江。一军团在左翼，三军团在右翼，牵制敌人，在渡江前自 25 日到 30 日已与敌人浴血奋战了六个昼夜。

12 月 1 日，是两翼掩护部队战斗最激烈最残酷的一天。在 30 余里的战场上，在茂密的松林边，在湘江两岸的公路旁，炮声隆隆，杀声震天，一军团、三军团的勇士们用血肉长城堵住了 20 多万敌人从湘江上下游和东西两侧对红军的围攻。教导师在张师长、何政委的率领下，抬着、挑着 400 多担物资冒着滚滚硝烟，顶着隆隆的炮声，跑步前进，急急忙忙地渡过了湘江。

一、三、五军团掩护中央纵队顺利渡过湘江，那些坛坛罐罐也安然无恙地过了江，但是三军团的十八团、五军团的三十四师大部分指战员都没能过江，牺牲在敌人的枪炮下，上千烈士长眠在湘江西岸。

渡湘江的巨大损失使越来越多的人认识到错误路线再不纠正，辛辛苦苦建立起来的工农红军这点革命的武装力量非被折腾光了不可。党和红军都在生死存亡的严重关头，出发时的8万多红军现在只剩下3万多人了，这时错误的领导者不得不接受毛泽东等同志的建议，放弃与二军团、六军团会合，改道向贵州进发。党中央在黎平会议上决定在贵州、四川边境开创新的革命根据地，为此要整编红军，加强主力红军，撤销教导师建制，归建到一、三军团。同时还决定将剩余的400多件物资全部破坏丢弃。

消息传来，全师上下无不拍手欢迎。大家七手八脚地把包裹箱子打开，里面有印刷机、修理器械、医疗器械，还有许多没用的废旧的枪支、枪托、枪柄、子弹壳、铁锤、钢条、蜡板、铁球等，最可笑的竟还有笤帚、擦机布、破工作服、烂手套，真是应有尽有。见到这一大堆破烂，大家怒不可遏，义愤填膺。回想出发以来，这些破烂东西把我们胖的拖瘦了，瘦的拖病了，病的拖死了。那么多的战友没死在敌人枪炮下，却为搬运这些破烂而丧生，怎能不叫人痛心呢？就是这些破烂拖累得我们这个有6000人的教导师只剩下2000人了，而为掩护我们和这些破烂而牺牲的两翼部队的战友们，更是不计其数了。

我们把一腔怒火集中在铁锤上，向着这些该死的东西狠狠砸去，砸得稀烂。放火把它们烧成灰烬还不解心头之恨。

别看搬运这些东西费了那么大劲，烧起来却没费什么劲，很快就处理干净了。我们终于彻底丢掉了"包袱"，轻装上路，踏上了通往胜利的征途。

智取遵义

王集成

1935 年 1 月 3 日，红四团在江界突破了乌江防线，控制了渡口。上级给我们六团的任务：立即渡过江去，迅速前进，直取遵义城！

这个任务交给了我们，真乐极了。摸着黑，我们就出发。乌江波涛汹涌，我们坐在竹筏子上，就像骑着一匹断了缰绳又没有鞍镫的快马，随时都有被摔翻的危险，但我们还嫌它跑得太慢了呢。

天大亮，我们全部渡江完毕，随即向遵义前进。团长朱水秋同志骑着马，打开他那个终日不离身的皮挂包，取出了五万分之一地图，摊在马颈上，开始了"鞍上办公"。这种"鞍上办公"，在长征的路上，我们已经习以为常了。

研究的结果，确定一营、二营为突击营，从遵义东、南两面突进去，三营为预备队。

当天晚上，宿在离遵义 90 里外的团溪镇。

翌日，天还墨黑墨黑，我们刚起床，警卫员前来报告：刘伯承总参谋长来了。我立刻到了刘总参谋长那里，他正在洗脸。在谈话中，知道他是连夜从总部赶来的。然而在他那由于操劳过度而消瘦了的面孔上，却找不出一丝倦意。他问我："你们打遵义有把握吗？"

"我们已经研究好了，没有问题。王家烈的部队我们领教过，一定能拿下来。"接着我便把战斗方案向他做了汇报。他思考了一阵，点头同意了。

随后他又关切地问道："战士们一定疲劳吧？""疲劳是疲劳，可大家一听说打仗，情绪就鼓起来了，疲劳也早忘没了。"他又进一步叮咛道："我们的日子是比较艰难的，要求仗打得要好，还要伤亡少，又要节省子弹，这就需要多用点智慧啰！"

我们疾步向遵义挺进。午后，侦察员报告在距遵义30里的地方发现敌人的外围据点，驻有1个多营的兵力。刘总参谋长指示我们，要全歼敌人，不准一个漏网，否则，就会影响打遵义。我们立刻将部队像一把钳子似的分成两路，以迅雷不及掩耳之势，钳住了这个庄子。

3点多钟，开始了攻击。这时天下起大雨，战士们一个个被淋得好像洗了个澡。但这对于我们已是家常便饭了。遭罪的倒是敌人，他们迷信乌江天险的障碍，又认为大雨天更为太平，因此当他们听到枪声仓皇迎战的时候，早已成了瓮中之鳖。

没多久，我们就打进了庄子，完全实现了刘总参谋长的指示，所有的敌人除了死的，凡是有口气的都当了俘虏。遗憾的是，敌营长的性子太急，死得早了些，要不我们还能多了解一些有关遵义城的情况。

　　为了详细地了解遵义的情况，我们从俘虏中找了一个连长、一个排长和十几个出身贫寒的士兵，进行谈话。我见他们害怕、怀疑，就先向他们讲清了我们的俘虏政策，说明了我们红军是打倒军阀地主，为了穷人翻身的工农队伍。并且告诉他们，我们今天就要打遵义，谁了解遵义的情况，应当详细报告我们，说得对的事后有赏。

　　那位连长一听，急忙站了起来，点头躬腰说："长官，红军对我们这么好，小人哪敢不效劳！"接着他把遵义的工事、守敌的实力，一一讲了，并画了一幅地图。

　　最后，发给他们每人3块银圆。虽然我们的生活非常困难，没有钱，但是对俘虏还是仁至义尽的。他们手握着银圆感激地说："我们当官的说你们红鼻子，绿眼珠，杀人放火，抓着我们挖眼剖腹，我们真害怕，没想到你们竟是最好的人，是我们的救命恩人！"

　　遵义城敌人的底细被我们摸着了。我跟朱团长研究，决定化装成敌人，利用俘虏去诈城，打个便宜仗。我们把这个打算报告了刘总参谋长，他说："很好，这就是智慧。"并嘱咐说："装敌人一定要装得像，千万不能叫敌人看出馅来。"

一营长曾保堂同志带着三连和侦察排及全团20个司号员，个个都是一色的敌军打扮。那十几个经过教育的俘虏，也派给了他们，其他部队都跟在后面，准备诈城不成，便强攻上去。

夜9点钟左右，我们冒着大雨出发了。天黑得什么也看不见，路滑得像泼了油，差不多每个人都摔过几跤，成了泥人。有的草鞋被烂泥拔掉，怎么拽也拽不出来。于是很多人干脆赤着脚，踏着碎石、烂泥、荆棘，继续前进。

疾行两个多小时以后，大雨停了，只是不时从天上落下几滴雨点点。透过夜幕看见一点灯光，吊在半空。俘虏们悄声告诉我们："到了，这是遵义城上岗楼的灯光。"于是我们就装成败退下来的样子慌慌忙忙往城楼跑去。

"干什么的？"城楼上发出一句凶狠的问话。枪栓也拉得呱啦呱啦直响。

"自己人！"俘虏用贵州话从容地回答。"哪一部分的？"城楼上又问。

这时，俘虏的连长就按着我们事先给他安排的内容，悲悲切切地回答："我们是外围营的，今天叫共匪包围了，庄子丢了，营长也被打死了，我是一连连长，领着一部分弟兄好歹逃了出来。现在共匪还在追我们，请快快开开城门，救救我们！"

"你们营长叫什么名字？"敌人还想考问一下。

那俘虏连长毫不迟疑地答上了。城楼上沉闷了一会，看样子他们是在研究情况。为了不让他们缜密地思考，我们又组织了一次"攻势"，许多人乱糟糟地喊："快开开门哪！""麻烦麻烦哪，共匪马上就追上来啦！"

"吵吵什么！"一个口气很冲的家伙朝我们大喝一声，听口气，估计是个当官的。

我们只好"服从"，都不吭声。突然从城楼上射下来几道手电光，在我们身上照来照去，仿佛要照点可疑的东西出来。当他们确实认清我们这些戴大盖帽的是"自己人"的时候，才说："等着，别吵，这就给你们开门！"我们一听，都憋住笑，悄悄地上好刺刀，推上子弹，等着敌人开门来迎接"自己人"。

"哗啦"一声，城内卸下了门闩。随之，"吱——""吱——"的两声，又高又厚的城门敞开了。敌人恐慌地问我们侦察排的同志："怎么，共匪已经过乌江啦？来得好快呀！"

"是啊！已经进了遵义城！"侦察排的几个虎将把枪口直指着那两个敌人的太阳穴，严厉地说："告诉你们，我们就是中国工农红军！"

那两个敌兵吓得"啊！"了一声，就像面条一样瘫在地上了。

于是，我们大队人马便一下涌进城去。割了电线，收拾了城楼上的敌人，二三十个司号员就一齐吹起了冲锋号。这时，后续部队像风一样向街里冲进去。霎时，遵义城热闹起来了，激昂嘹亮的军号声中夹杂着惊心动魄的枪声，英勇杀敌的呼喊混合着敌人的哭叫。大多数敌人还没有来得及穿衣服就当了俘虏，只有少数敌人狼狈不堪地从北门逃窜了。

1月7日早晨，我们宣告遵义城解放了。老百姓都走出家门，排列在街旁，挥着彩旗，大放爆竹，兴高采烈地欢迎着自己的子弟兵，和庆贺翻身喜日的到来。

第二天，我们又随四团继续北上，拿下了桐梓城。

在桐梓休整了十几天。就在这期间，党中央在遵义召开了党在历史上具有重大意义的政治局扩大会议。从此，遵义这座古老的城池，便和中国革命的胜利紧紧联结在一起，放射出灿烂的光辉。

红旗插上遵义城

王宗槐

血战湘江突破敌人第四道封锁线后，我军边打边走，退到资源县油榨坪宿营。接着占领了通道县城，暂时摆脱了敌人的尾追和阻截。尔后，我们经贵州省之剑河、台江、施秉，到达黄平县做短暂休整，打了土豪。过了两天，部队到达乌江边。1935年1月2日，红四团作为前卫，在江界河地段强渡乌江成功。3日，我们全师踏着工兵营用竹筏子和门板架设起来的浮桥，跨过了乌江。

我军冲破乌江天险后，江北的守敌节节败退。红六团和红四团对溃逃之敌一阵猛追，敌人的步枪、烟枪丢得满地皆是。我们从江边一直追到团溪。接着，又追到距遵义40里路的梅关。

1月7日凌晨，我们从梅关出发，奔袭遵义。担任先头团的是二师六团，先头营仍由六团三营（3个步兵连、1个机枪连）加师侦察连担任。我随先头营行动，营长杨尚儒。

遵义守敌系贵州军阀王家烈、侯之担的部队共 7 个团的兵力。他们都是"双枪兵"。不论当兵的还是当官的，都有两支枪，一支毛瑟枪（或短枪），一杆烟枪。鸦片瘾一上来，多好的毛瑟枪还不如一根烧火棍。这样的乌合之众，战斗力很弱，他们闻知乌江被我军突破，看到从江边逃窜来的残兵败将，早就吓破了胆。所以我们一路的任务，就不是消灭抵抗之敌，而只是追击仓皇逃窜的敌人。他们拼命地逃，我们奋力紧追。天下着小雨，路很滑，我们许多同志跌成了"泥猴子"。

遵义有新城和老城，新城无城墙。上午，我们追到了遵义新城。守敌已经逃跑了，我们一拥而进，把红旗插到一座房子上，大摇大摆地走在遵义城内的街道上。

城里的群众自动站在两边，喜笑颜开地欢迎我们。后排的群众一个劲地朝前挤，都想看一看传说中如"天兵天将""刀枪不入"的红军是啥样子。他们亲眼看了之后，总是笑眯眯地说："跟普通人一样，只是身上有泥巴。"

我们进城不久，红四团到了。师部和其他部队也相继进了城。师司令部和政治部安在新城。连饭都来不及吃，军团首长命令四团继续向北追击敌人，乘机攻占娄山关、桐梓。师首长命令六团也向娄山关方向警戒。部队出发后，师政治部首长令我带着师部警卫排 2 个班到遵义老城去打土豪。老城的敌人也不敢凭借建筑物顽抗，早已逃得无影无踪了。我们了解到，敌师长柏辉章一向很坏，这人的腿有点瘸，群众称他"柏拐子"。他在遵义城里有处别墅。我们进了老城，头一件事，就是去他家清算罪行。依靠群众的指点，我们找到了他的住宅。他家隔壁是天主教堂，我让1个班看守教堂，其余的跟着我进"柏拐子"家。

这是一座两层的木楼，有凉台，挺阔气。进门一看，"柏拐子"的其他心腹都跑光了，只有他的一个姨太太没有跑掉。一看就知道这个女人是"柏拐子"的一件玩物，不是我们清算的对象，没有杀她，只是把她关在一间小屋里。我们没收了他家里的东西。早就听说贵州"天无三日晴，地无三里平，人无三分银"，很希望能从那些罪大恶极的土豪家中搜出一批钱财，分给穷苦百姓。遗憾的是，白银都叫"柏拐子"带走了，家里没有搜出什么钱，只搜出许多衣物、布匹，还有不少点心。

见了点心，我们感到饿了，就一边吃点心，一边没收财物。把那些适合部队穿的衣服挑出来，装在箩筐里，其余的抱到楼上凉台上。凉台下是一条小街，我们在上边往下扔衣服，街上的群众就在下边抢。这儿的群众与别处不一样，我们在别的地方散发土豪浮财，有人怕财主报复不敢要。这儿呢，也许是太穷了吧，谁也不怕"柏拐子""秋后算账"，争着来抢。有的抢不到，我们就朝他身上扔，并说，"接好！光脚丫的老伯！""给你，穿破衫的小孩！""抱娃子的大嫂，这块布给你！"那时，我们这些穷苦人出身的红军战士，只是想着打胜仗，多缴获些东西，一边武装自己，一边分给百姓，这就是最大的乐趣了。

我们站在凉台上扔完了衣服和布匹，就到了隔壁的天主教堂。教堂养着两条凶猛的看门狗，一见我们去，就咧着嘴，汪汪乱叫，向我们扑上来。我告诉战士用刺刀把它们捅死。搜了教堂，没有搞到更多的东西，挑选了一些衣物，连同"柏拐子"家的，装了三四担。把这些"军需品"护送到师部。回到政治部，把东西交给地方工作科科长赖际发、干事萧文玖。他们代表师"红星没收委员会"，负责分配没收来的财物。

第二天，我们跟着师部，离开遵义城，往娄山关前进。红四团接连攻下娄山关、桐梓后，二师部队继续北移至松坎地区，在对四川敌人进行警戒的同时，做短暂休整。在松坎，我们听到了一个令人振奋的消息：中央在遵义召开了重要会议，解决了军委的领导问题，毛泽东同志当选为军委主席，周恩来同志当选为军委副主席。这个消息，使我们受到了极大的鼓舞。虽不是正式传达，但大家都奔走相告，衷心地欢迎毛主席重新指挥红军。

遵义会议前[*]

李聚奎

1935年1月，在中国工农红军第一方面军强渡乌江，第一次占领遵义后，中央政治局在这里召开了著名的遵义会议。当时我在中国工农红军第一方面军第一军团第一师任师长。

遵义会议能够在红军长征三个月之后胜利召开，不是偶然的。第五次反"围剿"失败后，党中央决定红一方面军撤出中央革命根据地，向西进行战略转移。出发前，党中央是做了一些准备的。1934年7月，党中央命令红六军团从湘赣根据地突围西征，应该算是一种准备。但真正进行战略转移的一些具体的准备工作，是从1934年8、9月间才开始的。

那时，国民党的东路军、北路军已向中央苏区的中枢区

　＊　本文节选自《遵义会议前后》，收录时做了适当修改。

域推进，石城、汀州、兴国、宁都等重要苏区根据地已处在敌军的直接威胁之下。我们红一师在兴国县属的高兴圩地区同敌人作战时，左右战区敌人的炮声已侧耳可闻。在这种情况下，中共中央和中革军委不得不在继续组织兵力拼死抵御敌人进攻的同时，着手进行转移的各种准备工作。其中包括中革军委要求中央苏区各县在 9 月 27 日以前动员 3 万新战士武装上前线；加快制造子弹、手榴弹，确定撤退转移的部队成立新的军团，筹备军衣、军鞋等各种物资；部署地方开展游击战争扰乱敌人后方等。我师在出发前，还补充了几百名新战士，一批子弹、手榴弹。但是这些准备，对于近 10 万大军的战略转移来讲，是仓促的，是很不充分的。而且，当时所有的准备工作，都是在保卫苏区和粉碎敌人进攻的号召之下进行的。至于整个战略转移计划，除了博古、李德和少数中央政治局委员知道以外，对中央苏区各级党政军领导人始终秘而不宣。连军团领导也不了解这次转移的全部意图，更不用说我们这些当师长的了。

10 月 15 日，我师奉命退出兴国县西北的高兴圩地区，刚集结于兴国县的东南地区时，接到了军团长林彪、政委聂荣臻写给我和政委亲收的绝密信，和一张军委关于红军主力撤出中央苏区的行军路线图，信中指定我们红一师（包括军团供给部、卫生部）为军团右翼队，于 10 月 16 日向信丰县属的新田、古陂方向前进。我师的长征即由此起步。

行军时，整个方面军分为三路纵队向西推进，中央纵队在中间，两边是一军团、三军团，其后是八军团和九军团，五军团殿后，但从前锋来说，则是四路，左翼一军团分为两路，右翼三军团也分为两路。四路齐头并进。

本来红一方面军出发长征的时候，全军有 8 万多人，兵力和战斗力仍是十分可观，只要在军事战略战术上不再犯错误，依然可以与敌人周旋，开创新的局面。可是长征开始后，博古和李德所采取的"基本上不是坚决与敌战斗"，而只是急于夺路西进，实际上就是"逃跑主义"。各军团的主要任务，都是保卫中央纵队及其所带的"坛坛罐罐"，实际上是保卫大搬家。这样，就使红军作战部队几乎都成了掩护队，不能高度发挥机动灵活优势，主动地打击和消灭敌人。

当时，国民党蒋介石为堵击红一方面军西进，一方面指定薛岳担任"追剿"总指挥，指挥周浑元、吴奇伟和刘建绪所部十几个师衔尾紧追；另一方面命令广东、湖南的军队布好三道封锁线，堵截红军：第一道封锁线，北起江西赣州，经信丰，南迄广东南雄，由广东部队防守；第二道封锁线，北起湖南汝城，南迄广东仁化，由湖南部队防守；第三道封锁线，沿着粤汉线，北起郴县，经宜章，南迄广东乐昌，由湖南和广东部队共同防守。

从 10 月 21 日，红一方面军在江西信丰打响突围战斗的第一仗，到 11 月中旬通过敌人郴县、宜章封锁线，在这段时间内，总的来说，由于红军广大指战员猛打猛冲，英勇善战，加上敌人尚未完全弄清楚红军向西转移的意图，以及敌人的地方军阀各有各的打算，貌合神离，红军进展还是比较顺利的。

但是，当红军向湘江前进时，蒋介石就急红了眼，企图利用湘江这一天然屏障，消灭红军于湘江之滨，因此急调湘军、桂军及其嫡系部队约 20 个师的兵力，齐聚于湘江东西两岸。面对敌人数路的围追堵截，博古、李德等领导者一筹莫展，只是命令主力部队死打硬拼，以掩护中共中央、中革军委和部队渡过湘江。从 11 月 27 日起，各军团都在极度疲劳的情况下，于湘江两岸同敌展开了激烈的战斗。其中尤以红一军团之全州脚山铺战斗，红三军团四师之光华铺战斗，五师、六师之新圩战斗，最为艰苦残酷。虽然全军指战员为了党中央的安全，为了中央红军的生存，不怕流血牺牲，英勇奋战，最后渡过了湘江。但红五军团的第三十四师和红三军团的第十八团仍被阻于湘江以东，未能过江，终因寡不敌众，大部壮烈牺牲。其他部队也都损失很重。全军人员由出发时的 8 万多人，减为 3 万余人。

红一方面军一渡过湘江，国民党蒋介石已经判明我红军要到湘西去和红二、六军团会合的行动意图，于是他一方面调集刘建绪、薛岳两部主力 10 多万人，配置在湘西城步、绥宁、靖县、会同、武冈一带，布成一个大口袋，等着红军往里钻；另一方面在我军前进的道路上，构筑碉堡，设置新的封锁线，竭尽全力堵击红军北上。

与此同时，地处湘鄂川黔边的红二、六军团，为策应红一方面军北进，在贺龙、任弼时、关向应、萧克、王震等同志的率领下，虽然曾向敌人发动强大的攻势，并歼灭和击溃敌军4个旅，占领了桃源，威胁常德，但因城步、武冈已被敌军占领，堵住了我军同红二、六军团会合的道路，要实现原来的计划已经成为不可能。

面对这种情况，王明"左"倾冒险主义者仍企图孤注一掷，把希望寄托在与红二、六军团的会合上。一方面继续电令贺龙、任弼时、关向应、萧克、王震同志由湖南常德地区向湘西北发展；另一方面强令红一方面军北上，准备以疲惫之师去同数倍于我之敌决战。我军处境十分险恶。

那时毛泽东同志虽身处逆境，但仍时刻关注着党中央和红军的安全。他在随部队渡过湘江后，既目睹了我军在错误的军事路线指挥下，人员天天减少，部队处处挨打的被动局面，又获悉了蒋介石已在我军前进的道路上布下口袋、设下圈套的严重情况，深感我红军若不改变战略方向，继续北上，就可能投入敌人的罗网，招来全军覆灭之灾，于是他在行军途中，今儿找这个谈谈，明天和那个聊聊，不断和人家商讨当时的军事路线和进军的方向问题，逐渐形成了改道贵州的正确意见。

12月11日，红一方面军占领湖南通道县。这时，中央负责同志召开了一个会议，讨论进军方向问题。在这次会上，毛泽东同志深刻分析了敌我形势，坚决主张红一方面军转向西南，到敌人兵力薄弱的贵州去，以摆脱湘西之敌的纠缠，争取主动，使已经跋涉千里、苦战两个月之久的部队得以休整，恢复体力，提高士气。在这以前，毛泽东已先后说服了王稼祥和张闻天同志，周恩来、朱德同志向来尊重毛泽东同志的意见，因此，毛泽东同志这一主张得到了大多数同志的赞成和支持。但仍未能说服博古同志及李德等人。

12月中旬，大概是在遵义会议的一周之后，红二师进占贵州黎平。黎平当时有贵州军阀王家烈部周芳仁旅一个团驻守，但敌军在我先头部队尚未到达之前，就弃城而逃，溃兵退到十万坪，驻十万坪之敌也跟着向后逃跑，一直退到五里桥。贵州敌军这种望风披靡、狼狈逃窜的情形，同湖南、广西军阀及蒋介石的嫡系部队顽强战斗的情况，形成了鲜明的对比。这一现象，引起了到达黎平的中央领导同志的重视和很大的兴趣。

接着，中央领导同志又进一步了解到，贵州军阀王家烈、犹国才、侯之担、蒋在珍四个派系名为统一，实则各据一方，时常内讧。王家烈虽名为国民党贵州省主席兼二十五军军长，主持贵州军政，但实际上能够由他指挥的部队只有2个师而已。还了解到，贵州的统治者为了开辟财源，中饱私囊，除立下名目繁多的苛捐杂税，还公开宣布开禁鸦片烟。种鸦片烟、吸鸦片烟到处可见，富人靠鸦片发财，穷人抽鸦片烟倾家荡产，甚至卖儿卖女卖老婆，贫富悬殊。特别是军队也抽鸦片烟，被称为"双枪兵"（一杆步枪加一杆烟枪），战斗力较差，比较好打。综合这些情况来看，更证明毛泽东同志关于贵州敌人的力量比较薄弱的判断是正确的。

就在这个时候，党中央在黎平召开了政治局会议。会议充分肯定了毛泽东同志关于进军贵州的正确意见，做出了在川黔边建立根据地的决议，正式决定红一方面军改向以遵义为中心的川黔边区前进。这样一来，就把国民党十几万人的部队甩在湘西，使红一方面军得以避免陷入绝境。这是在王明"左"倾冒险主义领导者排斥毛泽东同志之后，党中央在重大战略决策的问题上，第一次接受了毛泽东同志的正确意见，也可以说我们战略转变的开端，是之后遵义会议得以胜利召开的基础。

然而，得知这次会议精神是在我们离开黎平以后的行军途中，我们师由黎平向剑河前进的路上。有一天，我们一师在一个小镇上休息，这时中央纵队的前梯队也抵达这个小镇。听说一师在这里，毛泽东、周恩来、朱德同志，记得还有王稼祥、张闻天、博古等中央领导同志，一起来到我们师部。那天，我们司令部炊事班正好宰了一头猪。我们师的几个领导，一面让炊事班准备饭，一面向中央领导同志汇报情况。在我们汇报的过程中，毛泽东等几位领导同志互相插话，笑声不断，气氛十分热烈。其间，毛泽东同志说话最多，他谈话的中心主要是询问我们部队病号多不多？休息得好不好？消除疲劳没有？首长们谈话后，接着就是吃饭。那时招待首长吃饭，只要有点肉，就是好饭了。首长们见炊事班一下子端上来了好几盘肉，高兴得很，记不清是哪位首长了，见上了猪肉，竟喊了起来："嗬，还有这么多肉呀！"首长们边吃边谈，连半个多月来愁眉不展、束手无策的博古同志，此时也活跃起来，说话很多。中央领导同志们如此高兴，是我们长时间没有见过的。我们猜想，一定是在什么重大的战略决策问题上，取得了一致肯定的意见。但由于他们谁也没有向我们提起，所以我们也不便于发问。

中央领导同志吃完饭正出门时，碰上李德匆匆忙忙地跑了进来。毛泽东同志用手往后一指，告诉李德说："里面有饭，快去吃吧！"

毛泽东同志对李德说的这一句话，本来是一句很平常的话。可是后来人们把它变成了"毛泽东同志说李德是饭桶"的笑话了。那时大家对李德确实很反感，特别讨厌他那一套论调：什么中华苏维埃共和国有 30 多个县，10 万军队，是一个国家呀！什么作为一个国家的军队就是正规军，应该打正规战，应该御敌人于国门之外、寸土必争呀！还有什么短促突击呀！什么以堡垒对堡垒、积小胜为大胜呀！记得在第五次反"围剿"开始不久，他在一军团的师、团长以上的干部会上，讲了一个通宵的"短促突击"的战术课，更加讨厌的是他凭主观想象完全靠地图指挥部队行军打仗，至于地图准确不准确，部队吃得上饭吃不上饭，有没有睡觉休息的时间，这些他全都不考虑。所以，广大指战员把第五次反"围剿"的失败和长征以来的失利归咎于他，也是可以理解的。

12月22日左右，一军团占领剑河后，接到了中央政治局黎平会议《关于在川黔边建立根据地的决议》，当即由军团政委聂荣臻同志向我们师以上干部进行传达，当我们听到"鉴于目前所形成的情况，政治局认为，过去在湘西创立新的苏维埃根据地的决定，在目前已经是不可能并且是不适宜的""新的根据地应该是川黔边地区，在最初应以遵义为中心之地区"时，大家高兴得鼓起掌来。当我们听到"在向遵义方向前进时野战军之动作，应坚决消灭阻拦我之黔敌部队，对蒋湘桂诸敌应力争避免大的战斗"时，我们又会心地微笑了。因为大家感到毛泽东同志在中央根据地那一套"打得赢就打，打不赢就走"的克敌制胜的战法又回来了。

随后，一方面军按照中革军委的命令，分两路挺进。一路上连战皆捷，进军迅速。12月底，全军部队逼近乌江南岸。当时中革军委授命一军团先渡乌江。我红一师在军团首长的指挥下，于1935年1月1日进抵回龙场渡口。时值新年，但部队指战员没有举行联欢，而是组织讨论如何突破乌江，拿下遵义的战斗任务。

这时贵州军阀的军队在沿江各渡口构筑江防工事，妄图凭借乌江天险，抗拒红军于乌江南岸。国民党中央军吴奇伟、周浑元两个纵队，在尾随我军进入贵州后，也已到达黄平、三穗、镇远一带。在各路敌军前堵后追的严峻情况下，迅速强渡乌江，就成为红军头等的紧迫任务。

我师在回龙场组织强渡时，由一团任前卫。1月2日，指战员们不顾风雨交加，在团长杨得志、政委黎林同志的带领下，一方面用火力压制对岸敌人，一方面组织十几名勇士，选择下游水势较缓的地方强渡。3日上午强渡成功了。全师及后续部队安全渡过乌江。与此同时，红二师也在江界方向经过同敌人的激烈战斗之后，于3日渡过乌江，7日占领了遵义。

1月15日，具有伟大历史意义的党中央政治局扩大会议——遵义会议就在这里胜利召开了。

决定党和红军命运的遵义会议*

伍修权

1935 年 1 月上旬，红军胜利攻占黔北的重镇遵义。中共中央在遵义旧城一个军阀柏辉章的公馆二层楼上，召开了中央政治局扩大会议，这就是具有伟大历史意义的遵义会议。

参加这次会议的有中央政治局委员博古、周恩来、毛泽东、朱德、张闻天和陈云，政治局候补委员王稼祥、刘少奇、邓发和凯丰（即何克全），总参谋长刘伯承，总政治部代主任李富春。会议扩大到军团一级干部，有一军团长林彪、政委聂荣臻；三军团长彭德怀、政委杨尚昆；五军团的政委李卓然因为战事迟到，在会议开始后才赶到；邓小平同志先以《红星报》主编身份列席会议，会议中被选为党中央秘书长，正式参加会议。李德只是列席了会议，我作为翻

---

* 本文节选自《生死攸关的历史转折》，收录时做了适当修改。

译，也列席了会议。会议中途，彭德怀和李卓然同志因为部队又发生了战斗，提前离开了。

会议一般都是晚饭后开始，一直开到深夜。因为中央政治局和军委白天要处理战事和日常事务。会场设在公馆楼上一个不大的房间里，靠里面有一个带镜子的橱柜，朝外是两扇嵌着当时很时兴的彩色花玻璃的窗户，天花板中央吊着一盏旧式煤油灯，房间中间放着一张长条桌子，四周围着一些木椅、藤椅和长凳子，因为天冷夜寒，还生了炭火盆。会场是很简陋狭小的，然而正是在这里，决定了党和红军的命运。

会议开始还是由博古主持。他坐在长条桌子中间的位置上，别的参加者也不像现在开会，有个名单座次，那时随便找个凳子坐下就是了。会议开了多次，各人的位置也就经常变动。开会以后，首先由博古做了总结第五次反"围剿"的主要报告，他也看出了当时的形势，对军事错误做了一定的检讨，但是也强调了许多客观原因，为临时中央和自己的错误做了辩护和解释。接着，由周恩来做了关于第五次反"围剿"军事问题的副报告。

毛泽东同志在会上做了重要发言。他讲了有一个多小时，同别人的发言比起来，算是长篇大论了。他发言的主要内容是说当前首先要解决军事问题，批判了"左"倾冒险主义的"消极防御"方针和它在各个方面的表现，如防御时的保守主义、进攻时的冒险主义和转移时的逃跑主义。他还尖锐地批评了李德的错误军事指挥，只知道纸上谈兵，不考虑战士要走路、要吃饭，也要睡觉，也不问走的是山地、平原还是河道，只知道在地图上一画，限定时间打，当然打不好。又用第一、二、三、四次反"围剿"胜利的事实，批驳了用敌强我弱的客观原因为第五次反"围剿"失败做辩护的观点。他指出，正是在军事上执行了"左"倾冒险主义的错误主张，才导致了第五次反"围剿"的失败，造成了红军在长征中的重大牺牲。毛泽东同志的发言反映了大家的共同想法和正确意见，受到与会绝大多数同志的热烈拥护。

紧接着发言的是王稼祥同志。他旗帜鲜明地支持毛泽东同志的意见，严厉地批判了李德和博古在军事上的错误，拥护由毛泽东同志来指挥红军。张闻天和朱德同志接着也表示了明确态度，支持毛泽东同志的意见。朱德同志历来谦逊稳重，这次发言时，却声色俱厉地追究临时中央领导的错误，谴责他们排斥了毛泽东同志，依靠外国人李德弄得丢掉根据地，牺牲了多少人命！他说："如果继续这样的领导，我们就不能再跟着走下去！"周恩来同志在发言中也支持毛泽东同志对"左"倾军事错误的批判，全力推举毛泽东同志为我党我军的领袖。他指出，只有改变错误的领导，红军才有希望，革命才能成功。他的发言和倡议得到了与会绝大多数同志的积极支持。

会上的其他发言，我印象中比较深的是李富春和聂荣臻同志，他们对李德那一套很不满，对"左"倾军事错误的批判很严厉。彭德怀同志的发言也很激烈，他们都是支持毛泽东同志的正确意见的。其余同志在当时形势下，也支持毛泽东同志的意见。

会上被直接批判的是博古，批判博古实际上就是批判李德。因此，会议一开始，李德的处境就很狼狈。当时，别人基本上都是围着长桌子坐，他却坐在会议室的门口，我也坐在他旁边，他完全是处在被告的地位上。别人发言时，我一边听一边翻译给李德听，他一边听一边不断地抽烟，垂头丧气，神情十分沮丧。由于每天会议的时间都很长，前半段会我精神还好，发言的内容就翻译得详细些，后半段会议时精力不济了，时间也紧迫，翻译就简单些。会议过程中，李德也曾为自己及王明在军事上的"左"倾教条主义错误辩护，不承认自己的错误，把责任推到客观原因和临时中央身上，不过这时他已经理不直、气不壮了。事后有人说他在会上发脾气，把烤火盆都踢翻了，把桌子也推翻了，这我没见到。当时会议的气氛虽然很严肃，斗争很激烈，但是发言还是说理的。李德本人也意识到已是"无可奈何花落去"，失势无权了，只得硬着头皮听取大家对他的批判发言。

会议共开了三天，即由1月15日到17日。遵义会议决议上印的日期是1月8日，我看不准确，可能是1月18日之误。因为1月8日部队刚进遵义，1月9日中央机关才进遵义，还没来得及召开会议，决议不会那么早就做出来。

会议的后期，委托张闻天同志根据毛泽东同志的发言精神，起草了《中央关于反对敌人五次"围剿"的总结决议》（遵义会议决议），决议指出，博古和李德（用华夫代名）等人"在反五次'围剿'战争中，却以单纯防御路线（或专守防御）代替了决战防御，以阵地战堡垒战代替了运动战，并以所谓'短促突击'的战术原则来支持这种单纯防御的战略路线，这就使敌人持久战与堡垒主义的战略战术，达到了他的目的。使我们的主力红军受到一部分损失，并离开了中央苏区根据地。应该指出，这一路线，同我们红军取得胜利的战略战术的基本原则，是完全相反的"。《决议》还就博古、李德等在组织路线、领导作风上及利用敌人内部冲突等问题，一一做了结论。这个决议在会议上被通过了。

遵义会议集中全力解决当时具有决定意义的军事问题和组织问题，改组了党和军队的领导，解除了博古同志的总负责人职务和李德的军事顾问职务，选举毛泽东同志为政治局常委。在退出遵义途中，在云、贵、川交界处一个叫鸡鸣三省的地方，中央分工时，选举张闻天同志为中央总负责人，接着，又成立了以毛泽东同志为首，有周恩来、王稼祥同志参加的三人军事指挥小组，作为最高统帅部，负责指挥全军行动。

全党信服毛泽东同志，把当时最有决定意义的、关系到我党我军生死存亡的军事指挥大权托付给他，从而确立了毛泽东同志在红军和党中央的领导地位。这是遵义会议的最大成就，是党内最有历史意义的伟大转折。

遵义会议的酝酿和准备[*]

伍修权

长征开始以后，部队不断受到损失，士气十分低沉。广大指战员，特别是在领导层中，对当时的军事指挥错误就有议论，早已酝酿着不满。湘江战役，进一步暴露了军事指挥上的逃跑主义错误。

李德等人的所作所为，以及由此造成的严重后果，迫使人们苦苦思索面临的问题：在临时中央和李德来到根据地以前，中央红军在毛泽东同志指挥下，能够以三四万人的兵力，粉碎了敌人第一、二、三次"围剿"，还扩大了根据地，发展了红军。周恩来等同志指挥的第四次反"围剿"，继续按照毛泽东同志的军事思想作战，也取得了胜利。到第五次反"围剿"时，中央红军已发展到 10 万人以上，中央根据地更加扩大和巩固了。但是，在李德等人

＊ 本文节选自《生死攸关的历史转折》，收录时做了适当修改。

的指挥下，红军苦战一年，结果反而是"兵日少地日蹙"，最后来了个大搬家，丧失了整个中央根据地不算，八九万大军只打剩了 3 万来人，使党和红军面临绝境。惨重的失败，险恶的环境，使人们对李德那一套由怀疑到愤怒，许多指战员愤愤地说，过去几次反"围剿"，打了许多恶仗，不但没有这么大的消耗，还壮大了许多倍，现在光挨打，真气人！他们痛心地问，这样打下去，结果会怎么样呢？

长征开始后，彭德怀曾经气愤地说："这样抬着棺材走路，哪像个打仗的样子？"他批评李德等人："把革命当儿戏，真是胡闹！"事实教育了人们，王明等人自称"百分之百"的正确，却打了败仗；被他们批判排斥了的毛泽东同志的主张，却越来越被事实证明是正确的。人们在胜利时认识了毛泽东同志，在失败中又进一步地认识了毛泽东同志。

中央的领导同志，包括曾经犯过"左"倾错误的同志，也陆续有了觉悟。早在第五次反"围剿"开始不久，在一次军委会议休息时，当时任中央政治局委员、苏维埃人民委员会主席的张闻天同志跟我说："这样打下去，我们能有胜利的前途吗？"这表明他当时已经对李德的军事路线产生了怀疑。到广昌战役后的一次讨论会上，他就提出"不该同敌人死拼"，结果同博古同志闹翻了。李德对这件事表现很"关切"，他要博古向张闻天同志转达他的意见，"这里的事情还是依靠莫斯科回来的同志"。意思是说，博古和张闻天这些从莫斯科回来的同志内部不应该闹摩擦。张闻天同志根本没理会李德这个"劝告"，也不怕他们排斥打击，仍然坚持自己的观点。这次大搬家后，他对李德等人的错误，看得更清楚了。

王稼祥同志也早就觉察到李德等人的军事错误，他那时是军委副主席、红军总政治部主任。在第四次反"围剿"时，他负了重伤，长征开始后就坐担架随队行动。当时毛泽东同志也因病坐担架，经常同王稼祥同志同行。他们在行军休息时就商谈了许多有关党和军队前途的问题。王稼祥同志向毛泽东同志坦率地表示了自己对当时形势的忧虑，认为这样下去不行，应该把李德等人"轰"下台。毛泽东同志赞赏他的想法，并针对现实情况，谈了马列主义的普遍真理必须与中国革命实践相结合的道理。这给了王稼祥同志很大的启示，也更加坚定了他支持毛泽东同志的决心。这时，他们就商谈了准备在适当时机召开中央政治局会议，解决面临的严重问题。

周恩来同志当时也是军委副主席，在第五次反"围剿"中同李德接触较多，曾经与李德进行过多次争论，表示不同意李德的某些军事主张和作战方案，特别是在如何使用兵力的问题上，李德强调所谓"正规军"打"阵地战"，用红军的"多路分兵"对付敌人的"多路进击"。周恩来同志主张集中兵力于一个方向，其他方向则部署牵制力量，使红军保持相对优势和机动兵力，以粉碎敌人的进攻。但是李德拒不接受周恩来同志的正确建议，使分兵把口的红军被敌人的强大兵力各个击破。进行这些争论时，我经常在场，有时由我从中翻译，有时周恩来同志直接用英语对李德讲。他对李德的错误最了解，只是由于当时中央的主要领导坚持"左"倾错误，尤其是支持李德的独断专行，周恩来同志只能在自己的工作范围内，采取某些具体措施，进行适当的补救，尽量减少红军的损失。周恩来对毛泽东同志的主张，本来就是了解和赞佩的，所以他当然是支持毛泽东同志的。

毛泽东同志在长征途中，也利用一切可能的机会，向有关干部和红军指战员进行说服教育工作，用事实启发同志们的觉悟，使大家分清什么是正确的，什么是错误的。这一切都为遵义会议的召开，创造了必要的条件，打下了思想基础。此外客观形势也促成了遵义会议的召开。

部队前进到湘西通道地区时，得到情报说，蒋介石已知道我们的意图是与二军团、六军团会合，正在我们前进方向布置了五倍于我们的强大兵力，形成了一个大口袋等我们去钻。面对这一严重情况，李德竟然坚持与二军团、六军团会合的原定计划，把已经遭到惨重伤亡的 3 万红军，朝十几万强敌的虎口里送。如果按照这个意见办，中央红军可能会全军覆没。

在这危急关头，毛泽东同志向中央政治局提出，部队应该放弃原定计划，改变战略方向，立即转向西到敌人力量薄弱的贵州去，一定不能再往北走了。毛泽东同志的这一主张，很快得到多数同志的赞同，中央迫于形势，只得接受了这一正确建议。12 月 18 日，在贵州黎平，中央召开了政治局会议，毛泽东同志的意见被通过了。于是，在毛泽东同志的思想指导和周恩来同志的具体指挥下，红军挥戈西指，改向贵州进军，这一下就打乱了敌人的原来部署。从这时开始，红军突破乌江，攻下遵义，战局出现了转机，红军恢复了活力。

在进遵义以前，王稼祥同志就提出了召开中央政治局扩大会议（即遵义会议）的倡议。他首先找张闻天同志，谈了毛泽东同志的主张和自己的看法。他认为，应该撤换博古和李德，改由毛泽东同志来领导。张闻天同志也在考虑这些问题，当即支持了他的意见。

接着，王稼祥同志又利用各种机会，找了其他一些负责同志，一一交换了意见，并取得了这些同志的支持。聂荣臻同志因脚伤坐担架，在行军途中听取并赞同了王稼祥同志的意见。周恩来和朱德等同志，历来就尊重毛泽东同志，在临时中央打击排斥毛泽东同志时，他们也未改变对他的态度，这次也毫不犹豫地支持了王稼祥同志的意见。

正是在此大势所趋、人心所向的形势下，再加上毛泽东、王稼祥同志做了大量的工作，召开遵义会议的条件已经成熟。这时王稼祥、张闻天同志就通知博古同志，要他准备在会议上做关于第五次反"围剿"的总结报告，通知周恩来同志准备一个关于军事问题的副报告。

至此，遵义会议的准备工作基本就绪。

激战土城和再克遵义[*]

宋任穷

　　四渡赤水期间，干部团直接参加打了两个仗。一个是在一渡赤水之前打土城，一个是在二渡赤水之后再克遵义。当时，我任干部团政委。

　　前一个土城之战是场恶仗。土城位于贵州西北部的赤水河畔。遵义会议以后，中央即决定红一方面军向黔川边境集中，准备在四川泸州、宜宾之间北渡长江与红四方面军会合。这时，敌人为了阻止我军入川渡江，调集滇、川、湘、黔和蒋嫡系部队约20万人，形成了一个大包围圈，企图歼灭我军。

　　1935年1月28日，我军由遵义附近进抵贵州西北部的赤水一带，在土城、青岗坡与敌人发生激战。首先由三军团、五军团投入战斗。当天中午，战斗异常激烈，干部团奉

---

　　* 本文原标题为《忆红军长征中的干部团》，收录时做了适当修改。

命增援，整个战斗由三军团军团长彭德怀同志亲自指挥，我们的对手是敌四川模范师郭勋祺部和潘佐部，他们有 6 个团的兵力，装备精良，弹药充足，又抢占了有利地形，后援部队也上得快。在我军猛烈攻击下，敌一部被击溃。但是敌居高临下，我们只能仰攻。团长陈赓同志令特科营重机枪进行掩护，我团学员端着步枪向上冲锋。敌人打过来，我们打过去，有时同敌人进行肉搏战，打得十分激烈和艰苦。每前进一步，都要付出血的代价。干部团的同志们打得很勇猛、顽强，眼看攻到了郭勋祺的指挥部附近，但又被敌增援部队的炮火压了下来。我团又发动了几次进攻，均未奏效。一直打到黄昏，一军团一部来参战。但我阵地已经缩小，我军难以展开战斗。正在敌我僵持不下、难解难分之际，朱德总司令亲临战场视察，觉得再打下去对我不利，立即命令我军后撤。当天深夜，我军一渡赤水河，向南开往四川边境古蔺一带，暂时甩掉了敌人。

敌人怕我军向北抢渡长江，长江南岸沿线各城镇和渡口，早已陈重兵把守，被我甩在赤水河东岸的郭勋祺等部迅速追了过来。我军硬打不利，即由四川古蔺、叙永一带，移师转向云南东北部。农历大年三十，我们到达云南扎西。除夕夜晚，纷纷扬扬的鹅毛大雪下了一夜，山山岭岭、沟沟壑壑，全被大雪覆盖。我军在扎西一带稍做休整。

干部团参加打的另一仗是再克遵义。我军到扎西后，四川、云南敌人十几个旅追了上来，遵义附近敌兵力薄弱，我军便二渡赤水河，进占贵州桐梓。中革军委指示："坚决消灭娄山关之敌，乘胜克遵义城"，并指示夺取娄山关，是"开展战局的关键"，"对野战军顺利转移至关重要"。

娄山关是遵义的北大门，位于娄山之巅，四面群山如剑，是川黔交通的险关要道。我三军团第十三团和一军团第一团攻克娄山关，击溃附近之敌。这天，我干部团奉命由桐梓出发，一天走了120里，由上干队接替三军团十三团扼守娄山关。我团其余全部奔赴遵义城西南，与一军团、三军团、五军团一起与蒋军周浑元部以及吴奇伟2个师展开激战。敌一部固守遵义城石岩嘴西南端制高点老鸦山。在老鸦山战斗中，三军团十团张宗逊团长负伤，钟维剑参谋长牺牲，只有黄克诚政委一人在指挥战斗。陈赓团长和我带着干部团刚进入阵地，便顶着打。我们迅速占领了有利地形，配合十团消灭了一部分敌人，敌残部撤退，我军夺取了老鸦山。一军团、三军团、五军团主力歼灭了遵义城内外的敌人，敌残部溃逃。遵义被我第二次攻克。这一仗击溃和歼灭敌人2个师又8个团，俘敌3000余人，是长征以来打得最漂亮、战果最大的一次胜仗。

土城战斗和再克遵义的战斗，打得都很激烈，在土城战斗中干部团损失不小，伤亡百十来人，令人十分痛惜。我们党在革命战争年代，有个优良传统，一向非常爱护干部，重视培养、训练干部。在中央革命根据地是这样，在长征途中也是这样。红军干部团的成立，就体现了这种优良传统。后来，我就干部团在土城战斗中的伤亡较大一事向毛泽东同志做了汇报。我说："干部团的学员都是连排以上干部，培养一个干部不容易，这样使用代价太大了。"毛泽东同志同意我的意见，非常惋惜地说："对啊，对干部团的学员用是要用的，但这样用不行。以后要注意哩！"

"连长班"*

黄荣贤

　　撤出土城战斗后，红三军团的部队披着满身的硝烟，渡过汹涌的赤水河，沿着川黔边界向西疾进，进入云南境内。

　　"喂，老表，快整编了，到时候别舍不得老本……"七连长和我并排走着，他扭着头低声唠叨着。八连长在我身后紧走几步也说："老表啊，多给咱几个战斗骨干……"我们都是三军团四师十团三营的连长。土城战斗中，七连打光了，八连伤亡一半，我们九连打阻击虽然也伤亡了七八名战士，但总还是够一个连。渡过赤水河后，军团首长传达了军委关于精简整编的命令，现在听着两个连长的话，我心里想着，只要新兵补上来，老的全给你们，我说："放心吧，咱们都是老伙计了。"

　　我们到了云南的扎西。十团驻在了离县城二三里的一个

---

　　* 本文原标题为《我所经历的扎西整编》，收录时做了适当修改。

小村子里，我刚安顿好部队，团部通信员气喘吁吁地跑来叫我："九连长，政委叫你到他那里去。"我随通信员来到团部住的一间土坯房前。我推门进去，见十团政委杨勇同志正在低头看地图，他见我进来，站起身对我说："九连长，告诉你个事，根据上级整编命令，准备调你……""我知道！政委，要调谁你点名好喽，我没意见……"没等政委说完，我就抢着说起来。

"你们连编给七连一部分，八连一部分，九连重新组建，团部新建一个通信班，让你当班长，有意见吗？""什么？"杨政委的话一下子把我砸蒙了，我跳了起来喊着："我抬担架也没意见，可九连不能这样编散！"

"你喊什么！"杨政委一声断喝。"政委，你知道九连是……"话没说完，我的泪珠就滴了下来。杨政委何尝不知道，九连是彭德怀军团长在平江起义的老底子，自打上井冈山以来，经过五次反"围剿"，九连的干部有的牺牲了，有的调走了，可连队始终保留着完整的建制。现在要把九连编散，感情上一时难以接受啊！政委也在沉思，许久没有说话。

我呆呆地坐在凳子上，低着头嘴里唠叨着：从中央根据地撤出来的时候，突破敌人四道封锁线，全连120人毫毛不缺；在嘉禾县打阻击，被敌人包围了一个班，为了这个班，连里干部光着膀子拼刺刀，指导员牺牲了，临死还对我说"把咱们连带出去……"黄平到乌江的路上，有十几个战士拉肚子掉了队，让彭军团长碰上了，把我一顿好剋。现在把九连拆开，我想不通，不干了！

"拆散九连，你想不通，不干了。那撤销四师，我想不通，也不干了，红军还能打胜仗吗？"随着话音，四师政委黄克诚同志推门进来。我赶忙站了起来。"坐下，坐下……"黄克诚同志按着我的肩头说："同志噢，全军团都实行了整编，3个师部都撤销了，编成4个团，从师长、政委到连排班长层层下放……"说到这，黄克诚同志用手指了指杨勇同志说："杨勇同志到十团当政治处主任，我到你们团当政委来喽。"

"军团机关和直属队实行彻底精简，大批机关干部充实到连队，他们需要锻炼，像你们这些老的战斗骨干暂时保存一下，用不了多久，会有更好的连队让你们去带。更主要的是精简整编后，我们不是弱了，而是更强了，明白吗？……不出两个月，我给你一个连，回去吧！"杨勇同志接上了黄克诚的话。

我到团部管理科报到时，遇见了参谋长钟维剑同志，他是从师参谋长下放当团参谋长的，他见我闷闷不乐又开导我几句："当班长、当连长都是为了红军胜利嘛，再说你这个班长比团长也不小啊……"我听得有些糊涂。这时，管理员吴继章同志见我来了，笑呵呵地对我说："十个连长一个班，成了连长班喽……"到了新建的通信班里，见到班里的战士我才明白了，原来九个战士都是各连的连长，有工兵连的、辎重连的，一连的侯连长、炮连的刘连长……连我正好十个。连长们见我来了，呼啦一下子围了上来，他们的情绪都挺高，侯连长爱开玩笑，诌了几句顺口溜："精减大整编，连长下到班，班长黄荣贤，率领一个团。"

晚上睡下后，我心里难受，躺在床上一个劲儿"翻饼"。炮连连长披着被子坐了起来，问我："你见过彭军团长吗?"我说："见过。"他说："你知道他最爱什么?""咱军团长爱兵也爱炮，我在军团炮兵营当连长的时候，他常到我们连看炮。最近，他突然恨起炮来。咱们过赤水河的时候，军团长亲自下命令，把山炮全扔进河里。当时我急得和他嚷了起来：'丢了炮，我耍什么?'他冷冰冰地说，'当兵，耍枪!'我说，'我耍惯了炮，不会耍枪!'他火冒三丈：'不会耍枪，给你把马刀!'我抱着炮哭了，哭得好伤心。军团长的眼圈也红了，他劝我：'莫哭嘛，不出一年，我给你一个炮连!'"刘连长说到这，我也想起杨勇同志的话："不出两个月，给你一个连!"

我对刘连长说："嗯，编得有理，军委和军团首长的决定错不了……"我心里通了，躺下就睡着了。

整编后没几天，三军团接到命令挥师东进。部队一出去，我就看出和以前大不一样：过去部队行军打仗是个葫芦形，作战连队在前是个小头，机关人员在后像个包袱。现在，每个团政治处还有几个宣传员，沿途鼓动。军团机关除去警卫部队，人数大大减少，远处一看，真像南方城镇一支耍龙灯的队伍，头精尾小，精悍多了……

1935年2月，部队二渡赤水，打响了娄山关的战斗。重占遵义后，我们十团的连长班中，有两个连长调到了战斗连队，其他的连长干些送信、传达命令的事，大家工作得都很认真，可心里都盼着能有一天回到连队冲锋陷阵。

2月28日在老鸦山歼灭敌吴奇伟2个师的战斗中，十团坚守在老鸦山主峰阵地，我们连长班的成员都围绕在团长、政委周围等待着命令。战斗越打越激烈，团长负了伤，抬下山去，团参谋长钟维剑同志在指挥战斗中壮烈牺牲了，各营连通信员不断地向团部报告："六连长牺牲！""九连长负重伤！"……每当这个时候，黄克诚政委都对着我们班严肃地命令道："派工兵连长到六连指挥！""让辎重连长到九连，一定要把敌人打下去！"到下午3点多钟，连长班派出了五个连长，就剩下我和原一连侯连长、炮连的刘连长三个人了。

我心里想着这该轮到我了，在旁边直紧腰带，把鞋带系了又系，眼睛总是看着黄政委，盼望着他能喊一句：黄荣贤，你上去！黄政委好像看透了我的心思，他瞪了我一眼，"急什么，有你的仗打！"

黄昏之前，我军全线反击，吴奇伟的主力大部分被歼灭在老鸦山下，残部向乌江边溃退。三军团乘胜展开了追击，黄克诚政委指挥十团朝鸭溪方向追击敌人。团指挥所撤下山时，我跟在杨勇同志身后，他转过身对我说："你们三个连长留下打扫战场!"我们听了心里都不愿意,我嘟嘟囔囔地说:"别人都去追击敌人,我们连仗也捞不上打,还说不出两个月给我一个连,都快过了一个月了……""你啰唆什么,执行命令!"杨勇团长火了。我们只好等团部走了,开始漫山打扫战场。

天渐渐黑了下来,我们顺着山沟收集敌人丢弃的枪支弹药,突然从一个山沟里钻出一股敌人,有六七十人。狭路相逢,容不得半点犹疑,我大喝一声:"红军优待俘虏,缴枪不杀!"侯连长也紧接着虚张声势:"一营跑步跟上,二营机枪准备!"刘连长端起刚收集到的机枪朝着敌人头顶上空就是一梭子,敌人吓破了胆,一个当官的急忙喊:"别开枪,我们缴枪……"七八十个敌人把武器全扔在地上,举起了白毛巾。我们三个人押着卸掉枪栓的俘虏走了一夜,天亮赶上了团里的部队。管理员吴继章同志见我们俘虏了这么多敌人,风趣地说:"黄连长不用下连,就带了七八十个兵!"后来,军团油印快报还登了报道:"在十团整编精简待命的三个连长,用巧计俘虏七八十逃敌,缴获几十支枪。"

在三渡赤水进入川南的时候,我们连长班的侯连长和刘连长相继调到战斗连队,炮连刘连长临走的时候对我说:"老表,彭军团长的话没有错,不出一年,我耍炮给你看,你信不信?"我握着刘连长的手说:"没错,我信!"

部队进入云南境内的一天中午,我正在吃午饭,杨勇同志把我叫过去,对我说:"黄荣贤同志,昨天二营五连连长牺牲了，派你去当五连连长，有意见吗?""没意见!"回答完政委的话，我忽然觉得有些不好意思。杨政委说："怎么样，我说话算数吧，不出两个月……"

当我收拾好东西，到五连去的时候，管理员吴继章同志送我，我反倒有些留恋起连长班来，握着吴继章同志的手说："要是再整编，我还回来当班长。不! 当战士也行!"

首渡赤水[*]

吕黎平

四渡赤水之战，是在遵义会议之后，由毛泽东同志亲自指挥中央红军打的第一个战役。其中二渡、三渡、四渡赤水，跳出数十万敌军的围追堵截，是红军在战略转移中从被动走向主动、从失败走向胜利的转折点，也是长征史中高超的运动战典范。但现有史料很少提及中央红军首渡赤水的详情，实际上，首渡赤水是我军在赤水东岸的土城一战失利，毛泽东同志果断改变原定的行动方向，指挥部队轻装渡赤水西进，摆脱了困局，为之后三次再渡赤水的胜利创造了条件。

为了改变蒋介石的主力部队从贵州东、南两个方向尾追我中央红军的不利局面，毛泽东同志在遵义会议上，力主放弃与红二、六军团会合的原计划，改为北上渡长江，与红四

方面军会合。毛泽东同志的这一主张，得到与会同志一致赞成。当研究从何处渡江时，根据朱德、刘伯承同志过去在川军工作了解的实际情况，决定取道桐梓、习水、赤水城，直插泸州与宜宾之间渡过长江。因为这段江面平缓，渡口较多，敌防守亦弱。

1935 年 1 月，中央红军撤离遵义占领桐梓后，发现四川军阀刘湘的"模范师"——郭勋祺师已渡过长江，从綦江方向南下，企图阻击我军北上。当我军于 1 月 25 日到达习水时，侦悉郭师先头部队已进至离我有一天多路程的温水。

在从习水向土城镇行军途中，毛泽东、朱德、周恩来、刘伯承等领导同志共同察看了沿途地形，发现道路两侧均系山谷地带，敌若孤军深入土城镇以东屋基坝、黄金湾一线时，我可以利用两边山谷的居高临下地形，集中优势兵力，合围夹击歼灭敌人。

中央军委于 27 日下午到达土城镇，得悉尾追之敌是 2 个旅 4 个团，正向土城方向前进。毛主席当即下决心，命令一军团翌日继续北上夺赤水城，以三军团 3 个师、五军团 2 个师占领土城镇以东 2 至 4 公里处的两侧有利地形，给刘湘军阀一个迎头痛击！为了打好这一仗，给北上渡江创造有利条件，朱德总司令亲临三军团前卫第四师指挥，刘伯承参谋长到五军团。

战斗在 28 日早晨打响。我军连续奋战三四个小时，战果未能扩展。当即发现对敌情判断错误。原来以为敌军是 2

个旅4个团六七千人，实际是4个旅8个团共1万多人。加之，我一军团上午已沿河右岸北上奔袭赤水城，分散了兵力，没有形成打歼灭战的拳头。

毛主席发觉上述问题后，立即派人通知一军团急返增援。在一军团尚未返回的两三小时内，战斗打得很激烈。五军团阵地被敌军突破，我军遭受很大伤亡。敌人抢占山头，步步向土城镇进逼，一直打到了镇东面白马山的中央军委指挥部前沿。山后就是赤水河，若不能顶住敌人进攻，背水作战，就将导致严重的后果。

在这紧急关头，毛主席命令干部团发起反冲锋。干部团是富有战斗经验的年轻连排干部，他们生龙活虎，战斗力强，在团长陈赓、政委宋任穷率领下，一个猛冲打得敌人丧魂落魄，连滚带爬地溃退下去。

当日下午2点多钟，跑步返回增援的红一军团第二师赶到了白马山阵地，与干部团协同作战，连续反击，敌受重创，退却固守。三军团牢固控制了道路以南的观山高地，郭勋祺率部退守平川地带。

这一战，干部团立了功。我当时听到毛主席在山头上说："陈赓行！可以当军长！"

当一军团急行军返回增援后，完全巩固了我军阵地。毛主席立即召集政治局几位主要领导同志开会。根据当时敌情，原定由赤水北上，从泸州至宜宾之间北渡长江的计划不行了。毛主席果断地提出：为了打乱敌人尾击计划，变被动为主动，不应与郭师继续恋战，作战部队与军委纵队应立即轻装，从土城赤水西进。与会同志赞同毛主席这一决策。毛主席当场指定朱德、刘伯承同志仍留前线指挥，周恩来同志负责第二天天亮前在赤水河上架好浮桥，陈云同志负责安置伤员和处理军委纵队的笨重物资。29 日晨 6 点，按一军团、军委纵队、三军团、五军团的顺序，渡赤水河西进。开完会，已是 28 日下午 5 点多钟。中央军委的命令迅速传到各军团。

赤水河奔腾湍急。周副主席迅速把各军团的工兵连干部召集一起，下达了架设浮桥的任务，自己则亲自带领有经验的工兵干部和作战参谋勘察架桥点。最后，选定在土城西南不远的一处河滩上架设浮桥。

这是一个使人焦虑和极其紧张劳累的夜晚。前沿，枪声不断，炮声隆隆；赤水，波涛滚滚，关系全军安危的浮桥十分艰难地向对岸延长着。我是当晚的军委总部作战科值班参谋，彻夜未眠的周副主席，三次带我到架桥现场督促指导，又三次派我去架桥点检查进展情况向他报告。工兵部队在当地群众的帮助下，收集到了十几只帆船，编排在河面上沉锚固定，然后用竹竿连接把各船绑牢，再铺上一块块木板、门板。天还未亮，一座能供三路纵队通过的轻便浮桥出现在赤水河上。

陈云同志带领卫生、供给部门的同志们，奋不顾身地把全部伤员抢运了下来，做了善后安置；又把笨重物资抛投于赤水河中。他在凌晨4点多钟就向毛主席报告完成了任务。

天将拂晓，按照毛主席的原定计划，整个部队改成轻装，然后，以三路纵队踏着浮桥西渡。

天还未到晌午，我军委纵队和一军团、三军团、五军团共3万多人，全部安全地渡过赤水，随即烧毁了浮桥。汹涌的赤水，阻断了尾敌。

后来，毛主席在总结这次战斗时说，这是一场拉锯战、消耗战。我军没有歼灭川军，反而受到很大损失，不合算，也可以说是一个败仗。主要教训有三：一是敌情没有摸准，原来以为4个团，实际超出一倍多；二是轻敌，对刘湘的"模范师"战斗力估计太低了；三是分散了兵力，不该让一军团北上。我们要吸取这仗的教训，今后力戒之！毛主席又说，这一仗，由于及时渡过了赤水，摆脱了尾敌，改变了被动局面。部队果断地变为轻装，甩掉了包袱，行动更自由了，更能打运动、游击战了。

由于毛主席及时总结了首渡赤水的教训，这又为后来三次渡赤水打大胜仗，创造了有利条件。因此，首渡赤水之战，是毛泽东同志善于从不利的战局中寻找有利因素，化被动为主动、转败为胜的指挥范例之一。

遵义会议[*]

王稼祥

中央苏区第五次反"围剿"失败后，1934年10月，党中央和中央红军被迫撤离江西革命根据地，开始了史无前例的艰难的长征。当时，红军处于很为不利的被动境地。蒋介石调集重兵沿湘粤桂边设置几道封锁线，企图阻止我军与二军团、六军团会合，达到聚歼我军的目的。红军经过浴血奋战，突破了敌人四道封锁线，在突破敌湘江第四道封锁线时，部队损失惨重，由江西出发时的8万余人减至不足4万人。前有堵截之敌，后有围追之兵，形势严峻，处境十分艰险。

我在第四次反"围剿"胜利结束时，腹部受重伤，长征开始，伤口尚未痊愈，只得坐担架随军委纵队行进。一路上我有充裕的时间来思考问题。第五次反"围剿"时，我

---

[*] 本文原标题为《王稼祥同志谈遵义会议》，收录时做了适当修改。

曾为作战指挥上的问题和李德发生过多次争论，我认为"御敌于国门之外""短促突击"是打不破敌人"围剿"的，还是要采取诱敌深入、隐蔽部队、突然袭击、先打弱敌、后打强敌、各个击破等战法。但是，李德不听我的意见，结果是使苏区和红军遭受重大损失，不得不进行战略转移。当前情况又万分危急，我对局势非常焦虑，想来想去只有向毛泽东同志表白自己的看法。毛泽东同志在1932年10月宁都会议上，被第三次"左"倾错误领导剥夺了红军的指挥权，第五次反"围剿"中又拒绝采纳他的正确主张，长征前他正在养病，长征时也乘担架同行，我们在休息和宿营时经常一起交谈对当前局势的看法。我向毛泽东同志表示：目前形势已非常危急，如果再让李德这样瞎指挥下去，红军就不行了！要挽救这种局面，必须纠正军事指挥上的错误，采取果断措施，把博古和李德"轰"下台。毛泽东同志听后十分赞同。他考虑了当时情况，又担心地说："你看能行吗？支持我们看法的人有多少？"

我说："必须在最近时间召开一次中央会议，讨论和总结当前军事路线问题，把李德等人'轰'下台去。"毛泽东同志高兴地说："好啊，我很赞成。"并要我多找几位同志商量商量。

我先找张闻天同志，向他谈了自己对博古、李德军事路线的看法，以及召开中央会议的意见，张闻天同志正巧也在考虑这个问题，他对李德在军事指挥上的错误也有同感，表示同意我的看法。接着，一向支持毛泽东同志正确意见的周恩来同志，也赞成这一建议。随后，我还找了几位军队的负责同志，谈了我的看法。正好一军团政委聂荣臻同志因腿伤感染化脓也坐担架随军委纵队行动，我们有机会在一起交谈，我把上述看法和聂荣臻同志谈了，得到他的支持和赞同。

1935 年 1 月上旬，红军攻占了遵义城，具有深远历史意义的党中央政治局扩大会议就在此处召开了。由于白天要集中精力指挥部队作战，所以会议都是晚上召开，会址是一个地方军阀的公馆。参加会议的政治局委员有张闻天（洛甫）、毛泽东、周恩来、秦邦宪（博古）、朱德、陈云，政治局候补委员有：王稼祥、邓发、刘少奇、何克全（凯丰），以及红军指挥机关和军团的主要领导同志。共产国际派来的军事顾问李德（华夫）也列席参加了会议，伍修权同志担任翻译。

会议由博古同志主持，他首先做了报告，主要内容是强调未能粉碎第五次"围剿"的原因，完全是客观上的不利因素，党的军事路线没有错误。博古同志做完报告之后，周恩来同志做了补充报告。

会上，毛泽东同志对博古、李德等人在中央根据地提出的"御敌于国门之外""不放弃苏区一寸土地""短促突击"等口号，和军事上造成的绝大错误，进行了针锋相对的有力批判。

毛泽东同志态度鲜明，会上顿时出现了两种不同的观点，形成了两条军事路线的斗争。

我是带着伤发着烧参加会议的。毛泽东同志发完言后，我紧接着发言。我首先表示拥护毛泽东同志的观点，并指出了博古、李德等在军事指挥上的一系列严重错误，尖锐地批判了他们的单纯防御的指导思想，为了扭转当前不利局势，提议请毛泽东同志出来指挥红军部队。

张闻天同志随即表了态，支持毛泽东同志和我的意见，对博古、李德等人的错误进行了批判。

周恩来同志紧接着表示赞成，态度诚恳，一面自己承担了责任，一面请毛泽东同志重新指挥红军。

其他几位主要领导同志也都表了态，会场上的意见就基本统一了。但是也有个别同志仍坚持错误意见，而且情绪对立，不愿将印把子交出来。

会上，李德独自坐在会场的门旁，一言不发，一个劲地吸烟，情绪十分低落。

会议开了三天，委托张闻天同志执笔写出会议的决议案。

最后一天，会议讨论了中央领导机关的改组，增选毛泽东同志为政治局常委，补选我为政治局委员。撤销了博古、李德的军事指挥权，由朱德、周恩来同志继续指挥军事。会后，常委分工，决定张闻天同志代替博古负总的责任。随后，又成立了毛泽东、周恩来和我三人组成的军事指挥小组，实际上是当时最高军事领导小组指挥部。

这次会议，确立了毛泽东同志在党内的领导地位，从而在中国革命的危急关头挽救了红军，挽救了党。它的巨大意义，已经在斗争实践中得到了证实。

四渡赤水 *

李聚奎

遵义会议之后的四渡赤水战役，是红军在长征途中转危为安的关键之战。它充分显示了毛泽东军事思想的巨大威力，直接反映了遵义会议的伟大成果。

1935 年 1 月，我一方面军攻下遵义之后，蒋介石纠集了湘、川、桂、黔各军阀部队以及嫡系薛岳兵团共 150 多个团的兵力，从四面八方向遵义疾进，妄图围歼我方面军于乌江西北的狭窄地区。

此时，通过遵义会议，博古同志领导全党之权和李德指挥军事之权实际上已取消。而毛泽东同志已回到中央领导岗位上来，并分工他为周恩来同志的军事指挥上的帮助者。

中革军委及毛泽东同志为了打破敌人企图，决定乘敌人尚未形成合围之际，指挥红军由遵义地区向川南前进，北渡

---

* 本文节选自《遵义会议前后》，收录时做了适当修改。

长江。并要求在川陕边境的红四方面军西渡嘉陵江南下，牵制川敌，使敌人不能集中兵力于长江一线；同时要求在湘鄂川黔边境的红二、六军团积极向东出击，牵制湘鄂之敌，策应红一、四方面军作战。

当时，中央确定一方面军向四川进军，北渡岷江，预定的渡江地点是在宜宾到泸州一线。

1月19日，遵义会议刚刚结束，一方面军即兵分三路挥师北上，向赤水县方向前进。我红一军团从桐梓出发，于23日进占东皇殿（今习水），驱使黔敌侯之担部向西北逃窜。随后我红一师经猿猴（元厚）场向旺隆场方向疾进。26日在离赤水县约30里的黄陂洞，与赤水县向土城开来的川敌章安平旅遭遇，敌先我占领右侧高地，以高地为支撑点，并凭借左边的工事对我师施行火力封锁，我师陷于敌人三面包围之中。

此时，中央纵队与三军团、五军团、九军团已抵达土城，但由温水而来的四川军阀部队也紧追不舍，其先头部队郭勋祺和潘佐的6个团在土城东北的青岗坡、石羔嘴一带与我后卫的五军团形成对峙。一场恶战在土城地区展开了。

为了消灭川敌郭勋祺部，毛泽东、周恩来、朱德等同志都亲临前线指挥。27日，总司令部一方面电令我红一师在黄陂洞阻止敌人南下，一方面令三军团、五军团、九军团及干部团全部，迂回包围郭部。当时，我师虽受敌三面包围，但为了土城战斗的胜利，仍英勇抗击敌人的多次进攻。红二团的同志见情况危急，曾建议撤出战斗。我说，我们在这里多坚持一个小时，土城战斗就多一分胜利的把握，不到万不得已时不能撤。遂又坚持到第二天的黄昏才撤出战斗。

中革军委和毛泽东同志鉴于土城鏖战终日，虽歼敌一部，但敌人的援军即将赶到。原定进占赤水、北渡长江的计划，已为敌人所阻，不能实现。久战对我不利。于是中革军委和毛泽东同志当机立断，下令连夜撤出战斗，于1月29日拂晓前，从猿猴场、土城西渡赤水（即一渡赤水）向古蔺开进。

当我师在猿猴场渡口准备渡河时，毛泽东同志派总司令部的一位参谋到渡口来找我们，要我和政委黄甦、政治部主任谭政同志到他那里去一下（师参谋长耿飚同志正在前面指挥部队渡河）。这是我在长征途中第三次见到毛泽东同志。

毛泽东同志这次见到我们时，对我们讲了三个问题，第一个问题谈的是遵义会议。毛泽东同志说："最近党中央召开了遵义会议，这个会议开得很好，解决了军委的领导问题。这次会议之所以开得很好，周恩来同志起了重要作用……"

当我们听到这次会议"解决了军委的领导问题"时，大家非常高兴，因为这个问题，是长征以来大家最关心的问题，是当时党心所向、军心所归。

毛泽东同志对我们讲的第二个问题是关于机动灵活的战略战术问题。他说："一师及其他不少部队在长征途中几次被敌人侧击，都随机应变地处理得很好，避开了敌人的锋芒，按照军委的意图，当机立断，这是正确地执行了军委的命令。今后，这样的情况还会很多，就是要发挥机动灵活的作战方法。"

机动灵活，是毛泽东同志一贯的战略战术指导原则。在中央根据地的第一、二、三次反"围剿"中，毛泽东同志面对强大的敌人，采取了诱敌深入、隐蔽主力、突然袭击、先打弱敌、后打强敌、各个击破等一系列机动灵活的战略战术原则，指挥我军连连取得胜利。在第四次反"围剿"中，也由于继续运用了毛泽东同志关于机动灵活的战略战术思想，因此，仍然取得了伟大的胜利。而这时毛泽东同志之所以又再强调要发挥机动灵活的作战方法，除了要我们不要忘记从第五次反"围剿"以来的经验教训外，着重还是告诉我们，不要因为目前军委改变从宜宾到泸州一带北渡长江的计划而产生别的什么想法，而且"今后，这样的情况还会很多"，要做好思想上的准备。

毛泽东同志对我们讲的第三个问题是关于部队的缩编问题。毛泽东同志说："部队要进行缩编，准备把师改为团。你（指我）这个师长就要当团长啦！"接着，毛泽东同志问我："你看行不行？"

"行！没有问题！"我回答说。

"对啊！应该没有问题，你就只有那几个兵嘛！名义上虽是一个师，实际上只是一个团。"

当时我和黄甦、谭政同志为能得到毛泽东同志的亲自指示而特别高兴，回来后立即向师里的其他干部做了传达，大家听了都非常兴奋，表示一定按毛泽东同志的指示办。

当我一方面军各部于2月8日、9日到达滇东北扎西时，蒋介石急调滇军3个旅到镇雄地区堵击，又令川敌10多个旅由北向南压来。中央军周浑元向扎西地区扑来。这时，中革军委及毛泽东同志综观全局，审时度势，鉴于各路敌军奔集而至，而黔北敌军薄弱，决定利用敌人判断我军仍将北渡长江的错觉，出其不意，先挥戈东指，返回川南，然后再重入贵州。于是，红一方面军各部于2月20日二渡赤水河，甩开了川敌，使蒋介石妄图合围红军的企图落空。

我师经古蔺以南在太平渡二渡赤水后，先头部队红一团在团长杨得志同志的带领下昼夜兼程向东前进，24日晚到达桐梓，趁黑夜展开攻城，不到两个小时，守敌黔军第四团蒋德铭部2个连便向娄山关溃逃，25日拂晓，我军再占桐梓城，揭开了遵义战役的序幕。

红军突然回师黔北，直指遵义，这是蒋介石料想不到的。他为阻拦红军挺进黔北，除急令中央军向遵义靠拢外，贵州军阀王家烈还到遵义亲自坐镇指挥，令其精锐部队刘鹤鸣的2个团守娄山关，企图凭天险顽抗，以待援军。但在红三军团的强大攻势和一军团的配合下，经半天的时间反复冲杀，素有"一夫当关，万夫莫开"之称的娄山关，终为我红军占领。

夺得娄山关，遵义就无险可据了，一军团、三军团乘胜向遵义方向展开了追歼战。27 日彭德怀同志指挥三军团首先占领遵义。我师进抵遵义时，没有进城，而是从城东门外打到南门外，配合三军团作战。先打垮了敌人的增援部队，随后又同三军团一起猛追逃敌，直追到乌江边。由于敌人砍断了江上的浮桥，才免于全部覆灭。整个遵义战役至 3 月 3 日结束。

一周之内，红一方面军连下桐梓、娄山关、遵义，歼灭和击溃敌人 2 个师又 8 个团，取得了长征以来的第一次大胜利，打掉了敌人的嚣张气焰，鼓舞了我军的士气。

我军取得第二次占领遵义的胜利后，即移到遵义城西南三四十里的鸭溪地区休整约一星期，这是从江西出来第一次打了大胜仗并得到了休息，部队情绪很高，指战员们都异口同声地说："还是毛主席来领导好，他一指挥，就打胜仗。"

我军在鸭溪地区休整后，敌人又重整旗鼓，北渡乌江向我袭来。于是我军迅速主动放弃遵义，于 3 月 16 日在茅台三渡赤水，再次向古蔺方向前进。敌人以为我军仍要北上，赶紧改变部署，不意毛泽东同志指挥我们掉头向东，于 21 日从二郎滩、太平渡一线四渡赤水，掉头南下，渡过乌江，威逼贵阳，把北线的敌人甩得远远的。

这时在贵阳督战的蒋介石眼看贵阳守备空虚，惊慌失措，既怕我军乘虚攻占贵阳，又怕我军东进湖南与红二、六军团会合，便急调湖南军阀何键的部队布防在东线堵截，又令薛岳兵团和云南龙云部的主力增援贵阳。在敌人被我调动的慌乱之际，中革军委及毛泽东同志指挥红军主力从贵阳和龙里之间南下，然后向西疾进，直插云南。蒋介石发觉我军向云南昆明前进，慌忙整顿部署，进行追击堵截。但是追击也好，堵击也好，都无法阻止我军向昆明方向前进。当红军威逼昆明时，龙云急调滇军3个旅回救，而其余敌军则远距我数日行程以上。于是红一方面军掉头北上，乘金沙江防敌空虚之隙，于5月上旬在云南禄劝县皎平渡过金沙江。过了金沙江，我们就真正把长征以来一直尾追红军的蒋介石军队甩掉了。

我红一方面军从1935年年初起，能够转危为安，变被动为主动，纵横驰骋于川、滇、黔广大地区，迂回穿插于数十万敌军之间，调动敌人、打击敌人、歼灭敌人，使蒋介石一个又一个"围剿"红军的部署失灵，使红军安全摆脱了敌人的重重包围，继续顺利地长征，这一切，没有遵义会议的胜利召开是不可想象的。因此，遵义会议确确实实是我党历史上一个生死攸关的转折点，其伟大的历史意义是永远不可磨灭的。

劈开娄山关[*]

彭雪枫

从川南到黔北的遵义，桐梓县是大门，娄山关是二门，主要的还是娄山关。倘若占领了娄山关，无险可守的遵义县，就是囊中物。所以娄山关便成为兵家必争之地了。

娄山关雄踞娄山山脉的最高峰。关上茅屋两间，石碑一通，上书"娄山关"三个大字，周围山峰，峰峰如剑，万丈矗立，插入云霄。中间是十步一弯、八步一拐的汽车路。这种地势，是所谓"一夫当关，万夫莫开"。

守关，王家烈是懂得的。在我们占了桐梓之后，抢夺娄山关这一光荣而重要的任务，便交给十三团了。娄山关上的一攻一守，十三团单独担当。浴血大战的英勇气概，仍然不减当年。

还在中央革命根据地的时候，1933 年的东征，我们的

---

* 本文原标题为《娄山关前后》，收录时做了适当修改。

十三团和国民党第十九路军的三三六团在福建延平县（今南平）青州地方来了一个遭遇战。不过两三点钟，我们的一团把他们的一团消灭了。据说三三六团在上海和日本作战的时候，是缴日本兵钢帽最多的团，然而当他们执行国民党反革命命令杀向人民头上时，这一团的钢帽又转送给红军了。

在反抗蒋介石对江西革命根据地的第五次"围剿"中，敌人汤恩伯、樊嵩甫两纵队6个主力师，配合炮兵、空军，疯狂地向着我石城县驿前以北之高虎脑防御阵地攻击前进。7架飞机在空中投弹，几十门大炮轰击，烟雾冲天。沉着抗击的我们十三团的第七连坚强地守着堡垒，等待敌人接近工事了，首先报之以机关枪，继投之以手榴弹，最后还之以出击，这样连续了六次。总计敌人死伤4000余名，连、排长干部400多名，而我们的第七连也只剩9个人了。

敌人这一次惨败，2个师完全失掉了战斗力，一个多月钻在"乌龟壳"内不敢越雷池一步。最后，下了作战命令，提出赏格，谁夺下了我军阵地，除赏洋两万元外，还要报告蒋介石提升团长当师长。

即使这样，仍然没有一个团主动攻击。据说陈诚为这事也曾头痛过，只是在蒋介石逼迫下，无奈才"执行命令"。

如今夺取娄山关摆在面前的这一艰巨任务，使全体指战员不约而同地回忆当年的历史，而且慷慨激昂，在行进中，唱着当年的"高虎脑战斗胜利歌"。

"发扬高虎脑顽强抗战的精神！"

"发扬东方战线上猛打猛冲猛追的精神！"

桐梓到娄山关 30 里。娄山关下山到板桥 40 里，板桥到遵义 80 里。为了夺取遵义，娄山关是唯一的要点。

共产党员和青年团员们立即在连队中活动起来。

"同志们！为了夺取遵义，必须占领娄山关！"

"不要忘了我们十三团过去的光荣啊！"

"鸦片烟鬼王家烈，领教过了！"众人嘻嘻哈哈地仍在谈笑着。

特别是活泼健壮的青年团员，短小锋利的警句刺着红色战士们的心。"潇水渡过去了！湘江走过去了！乌江飞过了！苗岭爬过了！一个娄山关，同志们，飞不过吗？同志们，难道飞不过吗？"

"飞过去哟！闯过去哟！"大家好像已经都生了翅膀。"猛打猛冲猛追呀！""多缴枪炮多捉俘虏呀！"

大马路上浩浩荡荡，人声鼎沸，这是向着娄山关的进行曲。

忽然娄山关方向来了几个老百姓，大家互相问询：娄山关有没有白军？有多少呢？他们连声地回答："有有有！娄山关的来了，往桐梓来了，板桥住满了，说是还有 11 个师长。你们来得好，你们来得好！"带着慌张去了。

立即，挨次传下来："快走！后面快走！一个跟一个！"将要接近敌人了，即使没有命令，大家自动地互相催促着，两条腿也自然而然地轻快起来了。几千只眼睛，远远地望着娄山关上尖尖的山，朵朵的云，云裹着山，山戳破了云。一幅将要作为战场的图画啊！

第二次又传下来是："不要讲话，肃静！"这才是正式命令。立刻无声，一列没有声息的"火车"继续向前奔跑，众人这时仅仅一条心准备战斗。

离娄山关 10 里路的地方，在山上，远远地传来一声既清又脆的子弹声，接着又是一声。

预期的遭遇战斗，是要夺取先机的。一向以敏捷迅速出名的第三营飞奔左翼的高山，并不费事就抢了敌人企图占领的制高点。红色战士们在轻重机枪火网之下钻到敌人的侧翼，光亮耀眼的刺刀，在敌人阵前像几千支箭飞过去了。

山脚下是团的主力，在不顾一切地沿着马路跑步前进。指挥阵地的前进号音推动着战士们努力抢关。

途中由俘虏口里知道敌人的主力昨夜赶到板桥宿营，2个团伸出娄山关，其中的一个团又由娄山关向桐梓城前进，一个团巩固了娄山关的阵地，正是午后 3 点钟的时候。

在地形上说，我们是不利的，娄山关给敌人抢到手了，并且有一个团在固守着。另一个与我们接触的团虽然向后转了，然而每一个山头都成了他顽抗的阵地。为要抢关，就不得不"仰攻"了，更何况我们主力还在桐梓未来呢。

"无论如何都要夺取娄山关！"这是自高级首长以至普通的战斗员全体一致的意志。

右翼的山，一律是悬崖绝壁；中间马路，敌人火力封锁了；左翼的山，虽然无路，然而还可以爬，先派一个坚强而又机动的连，由最左翼迂回到娄山关之敌的侧右背，主力则夺取可以瞰制娄山关的点金山。点金山的高、尖、陡、大，且不易攀登，足以使敌人有恃而无恐。

限黄昏前后夺下娄山关！这是命令，也是全体红色健儿的意志！抢山，夺下点金山，这一艰巨的任务给了第一营。

第一梯队进入冲锋出发地，第二梯队在不远的隐蔽地集结，火力队位于指挥阵地中对着敌人猛烈射击。冲锋信号发出了，喊声如雷，向着敌人的阵地扑过去，一阵猛烈的手榴弹，在烟尘蔽天一片杀声中夺得了点金山。

登临点金山顶，可以四望群山，娄山关门也清楚地摆在眼前，敌人一堆一堆地在关的附近各要点加修工事。娄山关，虽然不远，然而仍须翻过两个山头，而这两个山头，都被敌人占据着。机关枪连续地向着我们射击，这是敌人最后挣扎的地方了。

将近黄昏，加以微雨，点金山的英雄们并未歇气就冲下去，疲乏、饥饿并未减少他们的勇气。在团首长直接领导之下，组织了冲锋、配备了火力。一阵猛烈射击、一个跑步，敌人后退，但不等你稳固地占领这一阵地，他们又呐喊着反攻回来了，阵地又被敌人所恢复。第二次、第三次、第四次，终究不能奏效。人家看得清楚，有一军官在后头督队（之后俘虏说是个旅长）。他的士兵退下来，又被他督上来。他异常坚决，马鞭子赶，马刀砍，士兵们只得垂头丧气地跑回来。

"兄弟们，打死压迫你们的官长啊！""白军士兵们，你们拼命，为的是哪个呢？看你们官长，再看看你们自己！"红色战士们冲锋之后休息的空隙，向着白军弟兄们喊话。

"打死他，特等射手！"指挥员命令集合四五个特等射手，集中向着那位敌军官长瞄准。一声"瞄准——放！"敌军官倒了，冲锋部队乘机冲上去，敌人好像竹竿之下的鸭子，呼哈呼哈地滚下去了。

娄山关的整个敌人，因之动摇，自取捷径各自逃去。

娄山关占领了！娄山关是我们的了！

次日拂晓，大雾，对面不见人。睡梦中听到娄山关上密密的枪声。娄山关警戒部队报告，敌人以密集部队沿大马路向我反攻。集合将毕，又是报告，敌人逼上了娄山关口，那里只有我们两个连。

还是昨日建立功绩的第三营前去增援，"跑步！同志们！正是消灭敌人的机会！"

急重的脚步声，嚓嚓的刺刀声，夹着战士们的喘气声，争先恐后地跑向娄山关增援第一营。面前的枪越密，他们的腿跑得越快。途中遇见了负伤下山的战士们，简单地报告他们关上的情况，上气不接下气地说："快呀！快呀！敌人快要到关口了！"

那是板桥来的敌人，企图恢复娄山关。以其最精锐的第四团集团冲锋，火力之强，扑打之猛，使你不信那会是王家烈的部队。

第一营辛苦一夜了，看到第三营赶来了，更加沉着应战。第三营汗透了衣裳，涨红了面皮，在第一营的举手狂呼声中，居高临下投入冲锋了。大雾弥漫，枪刀并举，即使是敌人所谓精锐的第四团，也休想拦住。

然而敌人组织了第六次冲锋，轻重机枪是抬着前进，手榴弹是由大个子投。红军战士向他们摆手："来哟，欢迎你们上来哟！"等敌人刚刚接近于手榴弹投掷距离以内，并列的手榴弹一齐抛下去，侧翼飞出了出击部队，震天动地的杀声中，敌人死尸堆高了，小河沟里变成了红流。"好啊，请你们再来试试哟！""第二个高虎脑啊！"

突然从敌人阵地跑过来三个士兵，背着枪举出双手，表示投降的姿态。战士们热烈地欢迎。其中有个年轻的首先说："我是六军团的司号员，经过清水江时有病掉了队，叫王家烈捉住，在连上补了名。前天从遵义开来打你们，我听了十分欢喜，今天带他们（手指其余二人）过来了。"人们听他说是六军团的，说不出的高兴，问长问短，连打仗都忘了。

同一个早晨，敌人的主力 3 个团，由板桥出发，企图迂回侧击娄山关的左侧背，倘若奏效，娄山关必然不保。正是娄山关正面我们的第一营与敌人的第四团来回打得火热的时候，左侧翼发现枪声了，听去有十多里远，浓雾未开，只听响声，不见队伍。正因如此，所以更着急。

军团首长决心以十二团接替十三团第一、三营的任务，配合左侧主力消灭板桥之敌。军团主力十团、十三团出左翼，迎击板桥来敌，十一团从中央冲出去。

第十团、十一团、十二团早已摩拳擦掌了。隐约发现了敌人向山上爬来，战士们万马奔腾，英勇地冲下去。敌人来势虽猛，如何挡得住这一下？于是像河流中的鸭子，乱竿打下，只有拖泥带水，边飞边跑。那走投无路的，索性坐下，交枪是最好的办法。战士们立即分出追击队、截击队、缴枪队、安慰俘虏的宣传队。黄昏之前到了板桥，俘虏们恭恭敬敬地排在马路边的坪上稍息，之后，战士们实行长追。

我们的队伍向遵义行进。虽然打了一天的仗，翻了一天的山，而且又要走夜路，可是并没有谁觉得疲劳，胜利的欢喜挂在人们的脸上。马路两边的山谷里，歌声、吼声、笑声，前后左右，绞在一起。人们简直疯了。

夺取天险娄山关

耿　飚

1935 年 1 月，红一军团二师第四团，胜利地完成了强渡乌江天险的艰巨任务之后，跟随六团向遵义前进。严寒的冬天，冷彻肌骨。天公不作美，又下起倾盆大雨，加上马江战斗后，战士们三天三夜未曾睡觉，极为疲倦。在这艰难的时候，前面传来胜利的消息：六团已经占领了遵义城。疲倦消失了，到处响起胜利的笑声和歌声。

部队在泥泞的路上连续行军三个钟头，才进了遵义城。遵义城是红军长征以来所占领的第一个大城市，市面繁荣，街道整齐，居民也很稠密。城内街上插满了红旗，鞭炮声锣鼓声响成一片，大街上，人山人海，夹道欢呼："欢迎为人民谋利益的红军！""红军万岁！"

我们刚刚到北城停下来休息，总参谋长刘伯承同志突然来到我们的团部。我和杨成武政委赶紧迎上去，他好像是几天未睡的样子，面容消瘦，但很有精神。他对我们说："你们四团立即出发，追歼北逃之敌。趁敌人在桐梓和娄山关还没有站稳脚跟的时候，给他一个猛打穷追，扩大我军的前进基地。你们的任务是：坚决夺取娄山关，相机向西北发展，占领桐梓县城，粉碎敌人的反扑，巩固遵义。"他向我们介绍了娄山关的敌情，并指出在进攻中应注意的事项，最后又特地嘱咐了一句"记住，要利用公路旁边的第一根电话线和你们师部联系"。

我们立即召集连以上干部，传达了总参谋长给的任务，并进行了讨论。杨政委耐心地向大家进行解释，说明任务的重大意义，大家点头称是，纷纷回到部队进行战斗动员去了。出发的号角响遍了北城，队伍立刻向着娄山关前进。战士们精神抖擞，斗志昂扬，用矫健的步伐向前迈进。

从遵义到娄山关有 120 里，走了大约 80 里，到达板桥镇附近。前卫连派人来报告说："前方约 500 米处发现敌人约一个排，已向敌人发起进攻。"于是我们立即命令部队跑步前进，以迅雷不及掩耳之势投入战斗。大约用了 20 分钟，就结束了这场战斗，并俘虏了十几个敌人。

原来板桥镇敌人早就集中在镇的西北面准备逃跑，发现我们到来，马上就向娄山关溜走了。时间已近黄昏，娄山关有敌人把守，追击无益，上级决定要我们在板桥休息一夜，准备明日向娄山关进攻。进入驻地，天快要黑了，按照红军的老规矩，我们派人向群众宣传，打土豪，分财物。许多青壮年要求参加红军，几个老年人还向我们详细地讲述了娄山关和桐梓县城的地形情况。并告诉我们，娄山关东面有一条小道，可以绕到桐梓县，但这条路要远十里多，而且很不好走，都是乱石头，自从有了公路以后就多年没有人走了。这是一个很大的收获。

第二天早晨，忽然得到师部要我们原地休息一天的命令，我们当即决定让部队补过新年，并做些战斗准备工作。幸好在分地主恶霸财物的时候，还剩下了些肥肉、腊肉、鸡鸭等，这就有了丰富的年货。吃完饭，时已过午。我们率领侦察部队前往娄山关进行实地侦察。

娄山关位于娄山山脉的最高峰，四周山峰环立，地势陡峻，中间两座山峰相连，形成一道狭窄的隘口，这就是被称为"一夫当关，万夫莫开"的娄山关。

娄山关的左面是悬崖峭壁，右面是高山峻岭。要夺取这座天险，必须从正面沿着公路进行仰攻。守关之敌是我们手下败将侯之担部的3个团，经过乌江之战，他们已丧魂失魄，如同惊弓之鸟。对付这样的敌军并不困难，但地形对我们太不利了。为了贯彻刘伯承总参谋长关于夺取娄山关，相机占领桐梓城，巩固遵义的指示，达到"夺关快，伤亡少"的目的，我和杨政委商量后，认为在作战部署上要十分周密，既要从正面强攻，又要设法从侧面抄袭才能奏效。左面的悬崖峭壁是无法过去的，但右面险峻高山或者可能攀登，如能从这里找到一条可行的小道，迂回到敌人侧背最为理想。我们把这些情况告诉了连队干部，要大家今晚研究一下，看如何才能完成任务。为保证战斗的顺利进行，我们又确定了各级指挥员的代理人，以备万一在战斗中遭到伤亡，不致中断指挥。

侦察完了，回到板桥，晚上又找来十几个居民，我和参谋长李英华同志再次询问了通往桐梓的小道情形。在调查清楚之后，立即命令侦察队和工程排星夜收集竹竿、绳索和钩镰等，以备爬山使用。

拂晓，部队由板桥镇出发，向娄山关前进。8点左右逼近山脚。一营为前队，担任正面主攻，营长季光顺率领全营沿公路向娄山关以梯队队形展开前进。二营为第二梯队，集结在山脚待命。侦察队长潘梓年（潘峰）带领着侦察队和工兵排隐蔽地向右侧山峰运动，觅路攀登娄山关右面的高山，向敌后前进。山上敌人恐慌地向我正面进攻部队射击。有个参谋同志说："活见鬼，还隔着2000多米他们就打枪，真是吓破胆了。"

通信班已架好了电话线，我拿起听筒，正要向师部报告战斗开始情况，不料其中已经有人先在讲话，我感到非常奇怪，连忙向杨政委招手，让他过来一同贴耳细听，听到一方急促而又十分恐慌的声调说："红军来了有好几个团，正在向我猛攻，我们快吃不住了，要马上派兵来增援，要快！"接着另一方以命令的口吻说："军座交代，已派有一个师向松坎前进。你们无论如何要坚守，不准后撤一步。要注意警戒东边的小道，提防赤匪通过你们的侧后袭击桐梓城。"这明明是侯之担师部在与王家烈的军部通话。我们已将通向敌方一端的电话线剪断了，为什么敌人通话我们还能听得见呢？仔细检查了一下，才找出其中的奥妙。原来我们通往遵义师部的电话线，是利用了敌人原来由遵义通向娄山关的电线，虽然将通向娄山关敌人方向的电话线剪断了，但是由于被剪断的那一端落在地面上，经过雨后地面积水的传导，话路又接通了，因此敌人讲的话就传到我们的电话机上来了。这真是一个意外的收获，想不到真有一条小路，而又是敌人最担心和最空虚的缺口。有这条小路，我们的侧翼迂回部队就能够迂回到敌后，使我攻击部队减少伤亡，当然不能放过这一良好的机会。于是我立即将这一情况告诉潘梓年同志，并命令其虚张声势地向桐梓城前进，截断娄山关敌人的后路，并袭扰桐梓城。又指定专人继续窃听敌人的电话，因为它是很好的情报来源。同时命令正在攻击的部队暂缓攻击，布置好压倒优势的强大火力，待命总攻。

一个钟头以后，一切总攻的布置都已安排妥当。正在这时，电话铃又响了，监听人员兴奋地向我们打手势，我大步走过去接过听筒，杨政委也走了过来。我们听到的还是敌人军部的那个家伙的声音，但已经不是先前那种漫不经心的声调，而是用一种紧张得几乎发抖的声音在喊："喂！是侯师长吗？在你们的侧后已发现大量赤匪，在向桐梓运动，军座要你们立即撤退，要快，不然就会被截断后路。我们先走了，听到了没有？"另一方则以恐慌的声调说："听到了，我……我马上撤，你们得掩护一下。"这几句话说过之后，再也听不到敌人通话的声音了。

知道敌人要跑，我们马上命令部队发起总攻击。于是十多把军号向着娄山关一齐吹起雄壮而威严的冲锋号，所有的轻重机枪，随着号声也一起向山上敌人开火了，无数的红色勇士，生龙活虎一般向山顶冲去。

敌人在做垂死挣扎，一堆一堆地躲在掩体后面，坚守着狭窄的关口，并以机关枪、手榴弹、石头，向我们射击和投掷。我主力部队不断向敌人进行猛烈攻击，敌人也顽强抵抗。只听得枪炮声、喊杀声连成一片，震撼山谷，子弹在身边、头上"咻""咻"啸叫着飞个不停。激战一个钟头以后，忽然，接连不断的手榴弹爆炸声从山顶上传来，只见战士们挺着手中的刺刀，在枪林弹雨中向敌人猛冲过去，以白刃格斗，进占了娄山关口。枪声渐渐地停了下来，关口上的敌人受到了极大的杀伤，全部溃退下去，部队跟踪溃敌进行穷追。我们上到关口，只见公路两旁敌人尸横满地，血迹斑斑，伤兵哀声号叫。再行几步，见有茅屋数间，石碑矗立，上面刻着"娄山关"三个大字，俯视白云数朵，昂首红日当空，确有"举头红日近，回首白云低"之感。

敌人在我翼侧部队还没有来得及截断他们的后路之前，就开始狼狈地逃跑了。我们沿公路向桐梓跑步追击，一气追了约20里，当我们到达桐梓城边时，接到季营长的报告说："一营已经占领桐梓城，潘梓年已出桐梓西北向牛栏关方面警戒，是役俘敌数百名。"进城市布置警戒后，让部队休息待命，并向师部报告胜利的战果。

下午4点钟，师部赶到了桐梓。师首长表扬我们这一仗打得很好，并命令我们马上出发，向牛栏关、松坎前进。

我们立刻又整队出发了。次日拂晓前，在新站与敌人两个团进行了一场激烈的战斗，从8点左右开始一直打到黄昏。随后又占领了松坎。不久，我们听到党中央在遵义召开了有历史意义的"遵义会议"，这时我们才理解到刘伯承总参谋长在进入遵义时之所以要求我们急促北进的道理。到这时为止，红四团胜利地完成了总参谋长所给予的任务。

遵义战役[*]

谢振华

1935 年 2 月，部队在扎西进行了整编，从师长、政委到团、营、连，各级干部均层层下放。我由原五师十四团政委改任十二团二营教导员。

2 月 18 日，红军巧妙地从敌重兵缝隙中钻过，二渡赤水河。2 月 24 日，重占桐梓后，中革军委指出：夺取娄山关，是"开展战局的关键"，"对野战军顺利转移至为重要"。不失时机地对红三军团下达了"坚决消灭娄山关之敌，乘胜夺取遵义城"的命令。

据情况通报，遵义的北大门娄山关至板桥一线，仅有黔军王家烈部两个团防守。但遵义附近之敌正在组织增援；蒋介石的嫡系中央军两个师也正由贵阳向遵义方向赶来，军委指示，整个遵义战役由红一、三军团担任。要在增援之敌到

* 本文原标题为《群龙得首自腾翔——回顾遵义战役》，收录时做了适当修改。

来之前，首先拿下娄山关，乘胜再夺遵义城。

2月25日拂晓，三军团以彭雪枫任团长的十三团为前卫向娄山关守敌发起了进攻。娄山关关口地势险要，四周崇山峻岭，两面悬崖峭壁，高达千米，一条公路从中挤过，看去活像个丫口或漏斗。真是"一夫当关，万夫莫开"，地势利守不利攻，利敌不利我，然而，十三团的战友们打得猛，冲得快，从山脚到山顶，经过激战，很快占领了山丫口两侧的制高点点金山和大小尖山。

我军打得英勇，敌人也拼命反扑。在十团、十一团向左右两侧迂回的同时，我们十二团继十三团占领高山阵地之后，即由二梯队变为主攻部队，直接沿公路向山丫口发起攻击。最先投入战斗的我团三营，刚冲过山丫口到黑神庙，就遭到敌约一个团兵力的反击。由于敌众我寡，三营受挫，被敌人压回约百十米。二营随即猛扑上去，我随五连、六连冒着敌人猛烈的火力，冲过关口不远，在黑神庙半城一个山坳处，遇我营前卫四连指导员丁盛，向我报告说，前面敌人火力很猛，三营受阻，随三营行动的钟赤兵政委负伤后还未下来。我当即向丁盛交代"告诉你们连长，必须把敌人压下去。五连、六连马上支援你们"。并特别强调，要不惜一切代价把钟赤兵政委抢救下来。接着，我同战士们一起，冲向敌人的反击部队。

在黑神庙附近的半山坡上，我看见钟赤兵政委躺倒在路旁山洼的草地上，一位参谋和警卫员彭登云，正在为他包扎伤口，鲜血从他的左腿上往外涌。由于连续急行军的疲劳和负伤后失血过多，他已经处于半昏迷状态，无法动弹了。我和钟赤兵同志相识于1934年，我任三军团五师十四团政委的时候，当时师政委陈阿金同志在万年亭战斗中不幸牺牲，师政委即由钟赤兵同志接任。在较多的接触中，我深感他严于律己，宽以待人，对下级和战士诲人不倦，关怀备至。他年长于我，工作经验丰富，对我帮助很大，不仅是一位对党忠诚的优秀党员，也是一位值得我学习的好领导。

看着身负重伤的钟政委，我不胜难过和愤慨。一面吩咐身边的六连指导员陈福太同志派人赶快把钟政委抬下战场，一面举枪高呼："同志们，敌人反扑上来了，坚决把敌人打下去！"

很快，我们以猛虎下山之势，把敌人压了下去。而后沿公路穷追逃敌，给敌很大杀伤。沿途只见路边、沟底和稻田埂上，到处是敌人的尸体、伤兵、武器和烟枪，还有撕下来的臂章、包袱、背篓、文件，甚至有敌军官乘坐的轿子……可笑的是，有的俘虏跪在地上，乖乖地向我们交枪，却苦苦哀求："老总，能不能把烟枪给我留下？"过去听说，贵州军阀的兵都有两杆枪，现在一看，果然不假！

这次战斗从天亮开始，经过两个多小时激战，我们终于击溃了敌两个团，夺取了娄山关，并继续沿公路向南，乘胜向遵义方向急追。

细雨蒙蒙，路滑难走，尽管极度疲劳和饥饿，不时有人跌跤，但我们仍精神抖擞紧追敌人，只恨自己的腿跑得不够快。队伍追至板桥镇，正好彭德怀军团长、杨尚昆政委和邓萍参谋长紧跟十一团从娄山关东侧向南迂回过来。看到我们部队这样英勇，彭军团长、杨政委非常高兴，对我们说："你们打得好，追得快，要坚持追击下去，不给敌人喘息的机会。"我边走边把军团长和政委对我们的鼓励向各连传达，战士们士气更加高昂，追击的速度更快了。有个福建籍的轻机枪班长，身材高大，冲在最前头，边跑边射击。弹壳不断从他端着的机枪右侧乒乒乓乓进出，被击中的敌人东倒西歪一个个应声倒下。敌人溃不成军，鬼哭狼嚎地逃散在路旁和山间的夹缝中，样子非常狼狈。

遵照彭军团长的命令，我们越过板桥，追到十字坡以后，又在高坪、董公寺一线击溃了赶来阻击的黔军2个团。

2月26日下午，我们红三军团逼近遵义城外，部队进至老城北门对面的凤凰山、小龙山下，抢占了新城坡边村寨，控制了芙蓉江的跳蹬河至洗马河滩一线，与老城之敌隔河相峙。为了迅速拿下新城和老城，军团邓萍参谋长亲自带领我们团营主要干部，冒着敌人的枪弹跳跃前进，迫近城下跳蹬河滩，隐蔽在附近土墩的草丛中，用望远镜观察地形和敌人的守城部署。邓参谋长给各团营余部传达了彭总的决心，要在当天晚上攻下遵义城，以便第二天歼灭增援遵义的中央军。就在这时，邓萍参谋长不幸中弹牺牲。当晚，军团主力向遵义新、老城发起了猛攻，一举歼灭了守城之敌。从娄山关到遵义城，我们先后歼灭和打垮了王家烈6个团，终于在敌中央军赶到之前，先敌占领了遵义新、老两城。

2月27日，蒋介石嫡系吴奇伟率五十九、九十三师，昼夜兼程从贵阳向遵义赶来。红三军团以黄克诚同志为政委的十四团以及以彭雪枫同志为团长的十三团，迅速占领了控制全城的制高点——老鸦山，以及红花岗、插旗山、碧云峰一线的山地要点，构筑防御阵地，一军团的第三团和三军团的十一团奉命分别向懒板凳和鸭溪方向迎击敌人。我们十二团正在打扫战场，根据军团命令紧急集合急速向遵义城南通向贵阳的公路口以西待命，准备向敌侧背实行迂回进攻，配合正面防守部队，歼灭向我老鸦山、红花岗一线进攻之敌。敌人的先头部队在懒板凳一带同一军团第三团接触后，即将主力移向遵义城西南侧主峰老鸦山一线阵地展开猛烈的进攻。十团坚守老鸦山，经受了敌人1个师以上兵力的多次疯狂冲击，短兵相接，拼死肉搏……有的阵地失而复得。打得最危急的时候，老鸦山主峰一度被敌人占领。军团首长根据军委指示，立即命令陈赓团长和宋任穷政委率领的干部团配合十团，坚决进行反击，又一举夺回了主峰阵地。

当天下午5点，军团下达了全面反击的命令。我们十二团和十一团的迂回部队逼近敌人侧后时，敌人一片混乱。不等他们稍加整顿，我们就发起了进攻。在我猛烈的火力和冲杀面前，骄狂一时的中央军被打得毫无招架之力。因人生地不熟，这些家伙远不如王家烈的地方军跑得快会躲藏，两个师的大部就这样在老鸦山脚下和半山坡上，被打得伤亡惨重，失去了再战的能力。失魂落魄的敌人，漫山遍野乱窜。有的吓得发呆，找不到方向，不知往哪儿逃；有的撅着屁股趴在地上打哆嗦；有的向我们作揖磕头求饶。俘虏实在太多，怎么抓也抓不完，连炊事员、事务长甚至伤员都动手去抓。与此同时，红一军团主力在三军团攻占遵义城后，随即进至遵义至贵阳公路两侧沿公路由北向南发起了进攻。吴奇伟惶惶然有如丧家之犬，急令其残部向贵阳方向撤退。敌人抱头鼠窜逃到乌江边，正要渡江，红一军团随即赶到。吴奇伟手忙脚乱，立即砍断浮桥的保险索。于是，桥被急流冲断，使其1000多残部除一部落水外，大部被俘，直至全部完蛋。只剩吴奇伟孤身带着几个随从，逃回贵阳，向蒋介石请罪。

这一战役，从重占桐梓，攻夺娄山关，到再取遵义城，我军取得了歼灭和击溃吴奇伟与王家烈2个师又8个团的显赫战果。

遵义战役的胜利，是遵义会议以后毛泽东同志重新指挥红军，在危急关头，运用高超的军事艺术，使战局化险为夷的奇迹般的胜利，是红军长征以来取得的第一次大胜利。不仅给了蒋介石嫡系中央军以歼灭性的打击，使我军完全摆脱了被动挨打地位，赢得了主动，而且极大地鼓舞了士气，振奋了军心，为以后红军实现北上抗日的战略任务，创造了最有利的条件。

四渡赤水中的工兵[*]

吕黎平

中央红军攻占遵义后，蒋介石飞抵贵阳，调整部署，企图阻止我军北渡长江与红四方面军会师或东进湖南与红二、六军团会合，妄想围歼我军于乌江西北的川黔两省边界地区。遵义会议刚刚胜利结束，中革军委就于 1935 年 1 月 19 日决定，中央红军兵分三路从松坎、桐梓、遵义地区向土城方向开进。27 日，党中央、中革军委到达土城，获悉川军郭勋祺师已进占青岗坡地域，正向土城孤军前进。于是，中革军委命令第三、五军团和干部团以迅猛行动，消灭进占青岗坡之敌。

战斗于 28 日晨打响，打到上午，战果未能扩大，毛泽东、周恩来发觉敌情侦察有误，敌人不只是原来侦察的 9 个团，还有赶来增援的后续部队，川军的武器装备也比黔军强

---

* 本文原标题为《四渡赤水中工兵的业绩》，收录时做了适当修改。

得多，我军遭受很大伤亡。敌军在炮火支援下向土城镇进逼，一直打到中革军委指挥所前沿，山后就是赤水河，若不能顶住敌人的进攻，就会背水作战，这将导致严重的后果。在这紧急关头，毛泽东果断提出：我军不应与敌恋战，应西渡赤水河，向古蔺、叙永地区前进，寻机北渡长江。

赤水河水流湍急，宽处300多米，窄处约200米，要在一夜之间架起能渡几万人的浮桥谈何容易！然而背水迎敌，不允许有丝毫的迟疑，周恩来立即指令第三、五军团和干部团的工兵连、军委工兵营火速到土城镇西南河边集合，做好架桥的准备工作。当时我任总部第一局作战参谋，周恩来令我通知干部团工兵主任谭希林和韩连生、何德芹、郭斌、唐秋光等几位工兵营、连长，随同他一道，从土城镇西南沿赤水河东岸，徒步向下游侦察，选择架桥点。谭希林提出：为了加快速度，拟采取从两岸同时架桥、向河中心合龙的方法。周恩来当场表示同意，并向在场的几位工兵干部严肃地提出："浮桥能否按时架成，关系全军的安危，要不惜一切代价，坚决完成任务。"

谭希林立即下令：军委工兵营即刻乘民船渡到西岸，由西岸向东岸架桥。他自己亲自带领第三、五军团和干部团工兵连从东岸向西岸架设。架桥现场，一个连从小镇里源源不断地搬来木板、竹竿，另一个连将收集到的十几只民船用竹竿撑到架桥点，谭希林又亲自带一个连脱掉长棉裤下到冰冷刺骨的河水中作业，他站在冰冷的江水中，不间断指挥民船进入桥轴线摆成一条线。这种奋不顾身、全力以赴的情景，使人深受感动。红军工兵是多么英勇威武啊！

当夜，这是一个使人十分焦虑、紧张的夜晚，又是一个催人奋进、胜利在望的夜晚。前沿阵地枪声不断、炮声隆隆，赤水河上几百名工兵指战员全力拼搏、精心作业，浮桥在十分艰难地向河心延伸……彻夜未眠的周恩来副主席三次带我到架桥现场检查督促，又三次派我去检查架桥进度，他把怀表放在桌上，每隔一小时了解一次进度。时间就是胜利！必须按时架好浮桥，才能争取主动，全军安危维系于工兵。当周恩来第三次来到浑溪口时，已经是 29 日凌晨 2 点钟了，谭希林从河里湿淋淋地上来，向周副主席说："保证按时架通，请周副主席放心！"周恩来这时的脸上才略有喜容。在当地群众热情支援和船工大力协助下，经过全体工兵指战员彻夜奋战，一座能供三路纵队通过的浮桥提前一小时架通了。

周恩来早晨 5 点钟来到现场指挥部队过桥，他在桥头向苦战了一夜的工兵指战员发出了铿锵洪亮的声音："同志们！你们经过通宵达旦的艰苦作业，提前完成了架桥任务……我代表党中央、中革军委向你们致敬！"

当中央、军委领导同志听到提前架通了浮桥、安置了伤员，部队有条不紊地组织渡河、士气稳定时，都从忧虑转为喜悦，毛泽东高兴地说："全军能按预定的时间过河，幸亏我们的工兵过得硬，他们立了功啊！"当全军顺利渡过赤水河后，工兵破坏了浮桥，汹涌的赤水河阻断了敌人的尾追。

蒋介石发现我军西渡赤水，向古蔺、叙永地区前进，估计我军将在川滇边界北渡长江，便又重新调整部署，企图围歼我军于长江以南、叙永以西、横江以东地区。2月7日，党中央、中革军委在扎西附近之大河滩召开会议，鉴于敌情变化，决定暂缓执行北渡长江的计划，改为向川滇黔边发展。同时，对中央红军再次进行精简整编，军委工兵营缩编成一个工兵连，配属于干部团。2月11日，红军兵分三路，由扎西地区向土城以南的赤水河兼程前进。为了搞好这次东渡的浮桥架设，刘伯承特意让我们作战科把谭希林和就近的工兵连长找来，详细研究了强渡乌江和一渡赤水的经验，我们拟写了《在无船无锚情况下架桥之方法》的电报发各军团参考，同时电令第一、三军团各派一个先遣团附工兵连和电台先行赶到指定地点，控制渡口并迅速架桥，军委工兵连由副总参谋长张云逸带领，协助红一军团工兵完成渡河保障任务。工兵分队于2月18日在太平渡、二郎滩再次架桥成功，红军东渡比较顺利。

中央红军出敌不意，二渡赤水回师黔北，蒋介石只得急忙调整部署，企图围歼我军于娄山关或遵义以北地区。红军乘敌大部正在运动，尚未部署完毕之际，集中兵力迅速攻占娄山关，再挥师南下夺取了遵义，5日之内连续攻下桐梓、娄山关、遵义等要地要点，取得撤离江西苏区以来最大的一次胜利。蒋介石飞往重庆，亲自策划新的围攻，企图采取南守北攻的战法，围歼我军于遵义、鸭溪狭小地区。

根据敌情，党中央、中革军委决定中央红军仍以黔北为主要活动地区，力争控制赤水河上游，以歼灭薛岳和黔军残部为主要目标。3月15日，我军主力进攻仁怀以南之周浑元纵队，因敌3个师集中在一起，不便实施围歼，而援敌已进至枫香坝地区，我军遂果断撤出战斗，连夜向仁怀、茅台地区转移，迅速西渡赤水河。中革军委命令红一军团教导营配属2个工兵连，加上干部团工兵连，于16日拂晓赶到赤水河边的茅台镇，限定当天在茅台至小河口地区架设3座浮桥。经过4个工兵连的共同努力，按时完成了任务，还在上游找到了一个徒涉场，保障了全军第三次顺利渡过赤水河。

中央红军三渡赤水后，击溃川军阻击，进至大厂、铁厂、两河口地区。这时蒋介石又判断我军要渡长江入川，命令其所有部队向川南进击，企图围歼我军于古蔺地区。中革军委断然决定，我军除以1个团佯攻，向古蔺前进，诱敌向西外，主力由镇龙山以东突然转向东北，于21日在二郎滩、九溪口、太平渡东渡赤水河。

我军四渡赤水后，从东岸向南寻求机动，甩掉了蒋介石的重兵围追。九军团向长于山、枫香坝之敌佯动，把敌人引向北方，主力继续向南疾进，28日突破敌人封锁线，进至乌江北岸的沙土、安底等地，集中所有工兵赶至江口、大塘、梯子岩等渡口架桥，保障我军于31日全部南渡乌江，把蒋介石的几十万军队甩在乌江以北，从而争取了主动权。

4月2日，我军以1个团佯攻息烽，主力继续南进，占据扎佐，前锋距贵阳仅十几公里。4月3日以后，我军从息烽、扎佐之间，东进至清水江西岸之高寨、羊场、白果坪地区，派工兵在清水江架设浮桥，以少数兵力东渡清水江，造成我军又要东进同红二、六军团会合的假象。我军乘敌向东调动之时，突然于4月8日急转向南，分两路从贵阳、龙里之间突破敌人防线，以每天50公里以上的急行军速度，向敌人力量空虚的云南疾进。中央红军从而掌握了大踏步西进、北上抢渡金沙江的主动权。

四渡赤水之战，是以少胜多的运动战的光辉范例。其中，红军工兵做出了不可磨灭的功绩。在土城面临背水作战之际，如果没有工兵在限定时间内架好浮桥，就不可能顺利地一渡赤水；我军之所以能再占桐梓、遵义，击溃和歼灭敌人2个师又8个团，也有工兵架设太平渡、二郎滩浮桥的功劳；中央红军灵活机动、纵横驰骋，再三再四渡过赤水河，又有工兵的贡献。

在长征路上，工兵披荆斩棘、逢山开路，架桥在前、毁桥在后，不畏艰难险阻，不怕流血牺牲，在崇山峻岭中开辟通路，保障主力部队顺利通行，表现出了坚定的革命信念、坚强的组织纪律性和默默无闻的无私奉献精神。

大战娄山关　再取遵义城[*]

张爱萍

　　遵义会议后，毛主席和党中央决定，红军继续北上，准备渡过长江与红四方面军会合。蒋介石为堵截我北渡长江，急调四川军阀刘湘等部沿江设防，日夜赶修工事；又令湖南军阀何键在湘黔之间布置封锁线，以隔断我与红二、六军团的联系，防止我军与二、六军团会合；而蒋介石的中央军主力吴奇伟、周浑元部则从湖南经贵阳兼程北上，沿乌江一线设防，构筑碉堡，并令其主力北渡乌江，与川湘之敌共同对我形成包围态势，妄图将我军聚歼于长江以南的黔北地区。

　　当我中央红军撤离遵义，经桐梓、松坎、习水等地，北进至赤水河以东土城地区时，川军刘湘主力郭勋祺师已南渡长江，抢占了土城以东山区阻击我军北渡长江。土城大战前，朱德总司令来到我们师亲自进行动员，士气高昂。我三

---

　　* 本文节选自《从遵义到大渡河》，收录时做了适当修改。

军团从正面协同五军团对土城之敌发起进攻，我红四师担任正面主攻，五师从左翼迂回，六师为二梯队。经一天一夜的激战，我军未能击败阻敌，乃西渡赤水河。然后，部队又经川黔边西行，于农历正月初三，到达云南的扎西（威信），休整待命。

为了有利于进行大规模的运动战，我们红三军团在从遵义北进途中，就按照军委的决定开始整编部队。我们到达扎西后，虽时值严冬，夜间降雪，仍继续紧张地完成了整编工作，军团机关及直属队彻底实行了精简，全军团部队由第四、第五、第六师，整编为4个充实的团——第十、十一、十二和十三团。各师师部撤销，从师长、政治委员到连、排、班长层层下放。整编的结果，精简了机关，加强了战斗部队，加强了各级指挥，大大增强了部队的机动灵活性。同时遵义会议后由于军事行动的方向明确，政治工作的加强，全军士气高涨，斗志奋发，充满了"不怕打，不怕走，不怕饿，不怕累"的战斗精神。

我军在川、滇、黔边区先后占了扎西等县城，扩军、筹款、开展群众工作，声威大震。这时，蒋介石已做好堵截我军北渡长江的设防。很显然，在强敌面前我军继续北进是不利的。于是乃乘贵州境内空虚之际，出敌不意，突然回戈东进，把敌人甩在长江两岸。

红三军团以整编后的十二团为前卫，东进到赤水河附近时，贵州军阀王家烈闻讯急调侯之担一部向赤水河疾进，企图堵击我军东渡。我十二团先敌赶到赤水河，仅以三条小船，从二郎滩击溃东岸守敌，胜利地东渡赤水河。先头营背水迎战，将行进中的敌人一个团打得落花流水。敌人跳崖跌死的很多，漫山遍野都是遗弃的衣物、枪弹和伤兵。

渡过赤水河后，红三军团以十三团为前卫，浩浩荡荡，经桐梓，向娄山关、遵义前进。我们十一团为军团后卫，一路晓行夜宿，如入无人之境。整编后的部队，如生龙活虎一般。宣传队沿途布设了红绿标语、图画；行军道旁的鼓动棚里，又唱歌，又喊口号，群众拥塞路旁满面笑容迎接。人们争相为红军带路、挑担子、抬担架。村村都有端茶、捧烟和送鸡蛋的。我军前次北进留下的伤病员，在群众掩护下医治好了，此时也纷纷归队。群众参军的热情很高，有的连队一天就增加了几十名新战士。

我军占领桐梓后，得悉王家烈的一部分部队正由遵义向桐梓疾进中。彭德怀军团长即令十三团星夜兼程，力求先敌进占自桐梓通向遵义的要隘——娄山关。

第二天中午，我们十一团到达桐梓城外，刚要布置宿营，接到了彭军团长急令"娄山关战斗激烈，全团火速前进！"

我们团的几个负责同志，策马加鞭，沿着桐梓到娄山关的大路奔驰。在距离娄山关不远的路旁树林边，见到了彭军团长和邓萍参谋长，才知道：昨夜敌1个师（4个团）自遵义赶来先我占领了娄山关，其2个团扼守关口，师部率一个团守关南约 30 里处的板桥镇，另一个团正企图出娄山关增援桐梓，于娄山关半山腰与我军遭遇。十三团经过反复冲杀，占领关口后，遭受了敌人猛烈反击，现在正和敌人对峙在关下。

彭军团长确定的战斗部署：不仅要夺下娄山关，打通去遵义的道路，而且要把守关的敌人歼灭，为乘胜占领遵义创造条件。随即命令：十二团接替十三团从正面进攻；十三团、十团从敌人左右两侧包围娄山关之敌；我们十一团从娄山关左翼远出迂回板桥敌人，并切断其退路。

夕阳映着群山巨峰，娄山关显得更加巍峨峻险。我们取道点金山下，沿着一条蜿蜒小路，向板桥疾进。山上迂回道路很远，又是山地夜行军，一分一秒的时间都是特别珍贵的。部队一面前进，一面层层下达任务，进行政治动员。战士们听说去兜敌人的屁股，无不欢快，鼓动口号一路不绝：

"歼灭娄山关的敌人，再占遵义城！"

"不怕跑，不怕累，坚决兜住敌人！"

娄山关那边密集的枪声，震破了夜空，我们加快脚步飞速前进。战士们一个紧跟着一个，虽然正值农历正月的夜晚，寒风刺骨，但每人的军帽里都冒着热气，汗水顺着脸庞流下来。

走到半夜，星月突然躲进浓云里去了，接着落下了阵阵细雨，陡险的山路，像擦了油似的，溜滑难走。跌倒的人越来越多，开始有的见别人滑倒了，还笑着喊"再来一个!"

话刚出口，自己也滑倒了，引起大家一阵哄笑。雨越下越大，山路也越来越陡……但这些都挡不住铁打的红军飞快前进的脚步。

一路急行军，经杨柳湾一线，翻过层层大山，穿过丛林，拂晓赶到了板桥附近……板桥外围的敌人如遇"飞将军从天而降"，仓皇应战。我们抢占了板桥镇外的一个山头，趁势向镇里冲击，敌主力不支向南溃去。

就在我们向板桥迂回的同时，十三团从娄山关正面展开了猛攻。敌人自知娄山关是遵义的大门，当然是不肯轻易退让的。他们凭借"一夫当关，万夫莫开"的险要关口，与我军反复争夺每一个山头。但是，王家烈的部队是有名的"双枪兵"，每人除了一支钢枪，还有一支大烟枪。他们过足了烟瘾，依仗着险要的地势虽然能打一气，但等烟瘾一发，天险的娄山关就不能挽救他们的命运了。特别是我军这次突然转回，早把他们弄得晕头转向，胆战心惊。在我军正面猛攻和两翼包围、迂回的进攻之下，守敌便土崩瓦解，狼狈溃退，我军在板桥周围山区展开了一场大规模的追歼残敌战斗。

整整一天一夜的行军、作战，行程150余里，同志们都粒米未尝，但是胜利的喜悦，已使大家忘却了饥饿和疲劳。傍晚休息下来，都情不自禁地欢谈着。

"明天，就到遵义吃晚饭了！"

"不对，是到遵义去吃中饭！"

1935 年 2 月 27 日，黎明前，部队便顺着公路快步奔向遵义。我们十一团为军团的前卫，走得早，跑得快。每个人都恨不得生出翅膀，一下飞上遵义的城墙。跑！追！沿路到处是敌人的散兵，三五成群奔跑，一些跑不动的烟鬼兵，躺在路旁，流着鼻涕眼泪，有的烟枪还没丢，竟倒在路旁，摆开烟灯，过起烟瘾来。问他们为什么不跑了，他们说红军"飞"得太快，他们跑不动了。

上午 9 点多钟，一座横断公路像马鞍的山坡上，突然枪声大作，战士们高兴地叫着："追上了，又追上了！"

此处是石字铺，距遵义 30 来里路，是娄山关通遵义城的一个小隘口。敌人从城里派出 1 个营，凭山阻止我军。经一阵激战，我军占领了山头。敌人除被歼灭的外，残部狼狈向遵义逃窜。我们脚跟脚，一直追到城下。

遵义分为新老两城。当我先头部队追过新城，快到老城东门时，一条小河把路切断了。老城守敌即将城门紧闭，从石字铺溃下的五六十敌人，被关在城外的大桥上，做了我军的俘虏。

遵义城面积较大，老城和新城之间有一条河流作为分界。下午，我军一鼓作气，抢占了新城及城边村落。为了迅速拿下老城，我们冒着敌人的枪弹匍匐前进，迫进到城下河滩边，隐蔽在一个小土墩的草丛中，正用望远镜观察地形及敌人守城部署时，军团参谋长邓萍同志也来到前沿和我一起观察敌情，并对我说："你们先牵制守城之敌，待军团主力到达后，今夜发起总攻，一定要在明天拂晓前拿下遵义，情况紧急。明天增援遵义的敌人薛岳部就可能赶到……"突然，他的头栽到我的臂上，我还没弄清怎么一回事，他那为革命事业英勇献身的殷红的热血已染满我的衣襟。邓萍同志不幸中弹，没有来得及说完要说的话就悲壮地牺牲了。邓萍同志是黄埔军校的早期学生，曾参加过平江起义，作战指挥英勇顽强、沉着果断，是彭军团长有力的助手，是我党优秀的干部和指挥员。他的牺牲使我异常悲痛，长时间地怀念他。在艰苦的革命战争中，有多少生死与共的战友，在我身边倒下，他们往往来不及说完一句话，来不及投出一个手榴弹，就和我们永别了！中国革命的历史就是用无数烈士的生命和鲜血谱写成的……当晚，我军团主力怀着为邓萍同志复仇的满腔怒火，向遵义老城发起猛攻，胜利地再次占领了遵义城。

遵义城里人民喜气洋洋，张灯结彩，欢迎红军又回到遵义来了。

就在我军再占遵义的同时，蒋介石急调他的中央军吴奇伟纵队2个师，从乌江南岸远途驰援遵义。为痛歼来敌，我军攻占遵义的第二天拂晓后，军委即令一军团、三军团各派出1个团，分两路向懒板凳和鸭溪方向迎击。命令规定中途遇敌后，即采取宽正面的运动防御战术，节节抗击，消耗、疲劳敌人。待把敌人引到遵义城外时，2个团即并肩构筑工事，依山固守，坚决把敌人抓住，以利我一军团、三军团从左右两翼突击歼灭敌人。出击迎敌的 2 个团，一是一军团的第三团向懒板凳方向，一是我们十一团向鸭溪方向。我们接到命令后，立刻紧急集合，全团成四路纵队，雄赳赳地涌出城去。出征的歌声口号声，震动了全城。街头巷尾挤满了人，向我们招手欢呼。自然，人们还不知道，这是大战前的布阵。

一军团第三团出发比我们早，我们刚走到遵义城外去鸭溪和懒板凳分路的桥上，他们已经迎上了敌人，并且展开了战斗。

第三团的一个骑兵通信员，飞也似的向红一军团首长去送报告。他在我们队前下了马，气喘吁吁地说："来了，中央军增援来了，大概有两个师。"说着翻身上马，飞驰而去。

"吴奇伟这小子真积极呀！"

"哼，他已经来晚了！"

全团来到老鸦山左侧一带山地，刚集合好正在进行战前政治动员，敌人约一个多团，从正面向我们扑来，企图占领我们前面的山头。我们随即命令二营跑步，抢先占领了那个山头。这时，左前方一军团的部队和敌人的战斗逐渐激烈起来，大炮声轰轰传来。其他的兄弟部队，也纷纷投入了战斗。

敌人向我二营多次进攻，均被击退，暂时形成了一个对峙局面。敌人的后续部队赶到后，又向我二营左侧包围。我一营从山后冲杀出去，把包围的敌人打垮，又对峙起来。敌人的后续部队，逐渐增加到了两个团。我们一方面感到压力很大，同时又因吸住了敌人而高兴。大家抱定与阵地共存亡的决心，沉着应战，绝不后退一步，并依山构成了野战防御阵地，把敌人钉在面前。十团也控制了老鸦山的主峰。

敌人的进攻越来越凶，猛烈的炮火打得山石横飞，树木断折，枯草燃烧。从遵义到贵阳公路两侧方圆 20 里的山区，一片战火。我军阵地仍屹立不动，与中央军展开了浴血大战。

下午，敌人把主攻方向转向老鸦山的第十团，攻势一次比一次猛。一次攻不上，又来第二次，侧面攻不动，又转到正面攻。敌人死伤累累，我们也付出了较大的代价。十团参谋长钟维剑同志，亲自在老鸦山主峰向进攻的敌人投手榴弹，壮烈牺牲了。战斗越打越激烈，敌人出动了飞机狂轰滥炸。激战到下午 3 点多钟，敌人凭借优势火力、兵力占了老鸦山主峰。这样，敌人不但居高临下威胁着我们，更严重的是直接威胁了遵义城的安全。彭军团长发出命令要我团一面固守阵地，一面组织兵力坚决夺回老鸦山。我们当即命令三营猛攻两次，均因地形险恶，未能成功。三营黄营长负了伤，连长、指导员、排长也伤亡不少。最后我们又增调第一营一个连，正准备组织第三次猛攻，电话中传来彭军团长的声音，为了迅速夺回老鸦山主峰，军委命令，干部团从北向南进攻，十一团配合干部团从左侧仰攻。

经过一场激烈的争夺战，干部团首先登上了老鸦山主峰。山顶上又飘扬起我军的红旗。就在这时，十三团、十二团和迫击炮营，也从遵义通贵阳的公路以西在我十一团左侧，向正面之敌实施猛烈突击。一军团的方向，也远远传来炮声、枪声。

黄昏之前，我军全线展开了反击。仅激战一个多小时，敌人就全面崩溃，主力被我军歼于老鸦山下，残部分路向乌江溃退。我一军团向懒板凳方向，三军团向鸭溪方向，乘胜在夜间展开了猛追。我们紧跟着溃敌的脚后跟，一直追到鸭溪镇。

吴奇伟的两个师大部被歼灭了。吴奇伟本人如同一只丧家狗，带着两个团的残兵败将，经懒板凳向乌江方向逃去。当我一军团追到乌江时，他不等败兵过得江去，便下令砍断了乌江上的浮桥保险索，把 1000 多人甩在江北岸当了我军的俘虏。

吴奇伟两个师的覆灭，是我军长征以来获得的首次大胜，轰动了全国，震破了云贵川敌人的狗胆。我军斗志更加奋发。部队换了好枪，补充了弹药物资，战士们喜气洋洋地说：

"还是打中央军过瘾，送来的都是好枪！"

"这是毛主席运动战的灵验啊！"

在鸭溪，我们三军团举行了隆重的大会，庆祝娄山关与遵义两次大捷，各连出墙报，编快板，赋诗作歌，颂扬长征以来获得的第一次大胜利，颂扬毛主席战略方针的胜利。

重架乌江浮桥

罗贵波

　　1935 年 3 月中旬，渡乌江时，干部团走在全军的最后。当大队人马渡过乌江之后，我们三营（我任营政治委员）奉总参谋部命令担任守护乌江浮桥的任务，并遵照指示等待殿后主力五军团过江后，将浮桥交给他们。接到命令时，营长林芳英正在执行其他任务。我让副营长霍海源带 1 个排守住浮桥，我带领其他几个连同军委机关到宿营地宿营。太阳已经偏西，宿营地的警戒也已经布置好了，忽然，我看见五军团政治部组织部长刘希平。老相识见面，总是要问讯几句的。

　　我问："五军团几时过来的？"

　　他说："刚刚过来。"

　　我问："是不是从浮桥过来的，我们还派 1 个排在那里等候你们呢！"

　　他挥了一下手说："不是，我们是从另外一条路过来的，没有见到你那个排。"

听了他的话，我感到情况紧迫，既然五军团已过来了，就没必要再守浮桥了。万一敌人从后面跟上来占领了浮桥怎么办？于是我命令通信员火速赶到桥边，告诉霍海源立即拆掉浮桥，以免留给敌人。

太阳落了山，霍海源来到宿营地告诉我浮桥已经拆了。这时，我揪着的心也落到肚子里了。我们就忙着准备做饭，大家七手八脚地拾柴火，架起锅灶，乌烟瘴气地吹着火。我们正在忙乎的时候，总参谋部的通信员找到我，让我立即到总参谋部去，说刘伯承总参谋长要见我。我不知道有什么事，擦了擦被烟熏黑的手，从皮包里掏出工作日记本准备走，宋任穷同志也来叫我去总参谋长那里。看来一定有什么紧急的事情，我不敢停留，虽然此时林芳英仍没有回来，我还是急急忙忙同宋任穷一块到了刘总参谋长那里。进屋一看，总参谋长和陈赓都在那里坐着，神情都非常严肃，我一时摸不清发生了什么事情，愣愣地站着。

长征途中，我同刘伯承同志时有接触，在办公室里，我有时见到他一手握着笔，斜倚着身体，伏在满是文件的桌子上打瞌睡。他太劳累了，行军途中要随时观察敌情，到了宿营地又要批阅各种文件、报告，一天到晚地工作，就是铁人也要累垮了。可是，他却很少休息，有时在朦胧中听见我们走进他的房间，就一下子从桌子上昂起头，揉揉熬红了的眼睛，歉意地向我们笑笑，然后就全神贯注地听我们汇报。有时，他真的伏在桌子上睡着了，我们不忍心把他叫醒，就找张云逸汇报工作。

可是，这一次我们走进他的办公室，却见他坐在那里一动不动，脸上没有丝毫笑容。他见我们没有说话，便从凳子上站了起来，反剪着双手，在狭小的房间里很快地踱了几步，突然转过身问我："拆掉乌江浮桥，是不是你下的命令？"

我回答："是。"

他提高了声音问道："谁给你的命令？"

我很平静地说："谁也没给我命令，是自己下的命令。"我搞不清楚他为什么要发火。

他又用略微缓和的语气问："你根据什么下这个命令，破坏掉浮桥？"

我说："总参谋部交给我们看守浮桥任务时说，待五军团来后，将浮桥交给他们，接替我们任务。下午我见到五军团政治部组织部长刘希平，他说，五军团没有经过浮桥，已经全过来了。我怕跟在我们后面的敌人抢夺了浮桥，给我军造成不利，所以下了命令。"

他听完这番辩词后，一字一顿地严厉地责问："后面还有八军团、九军团没有过江，你知道吗？"

我感到问得没有来由，便不紧不慢地说："不知道。给我的任务，没有说八军团、九军团。"

大概是因为我没有掌握分寸，回答问题时有明显的不服气，他火了，他的手掌重重地拍在桌子上，桌面的文件被震落在地，他冲着我大声地说："有八、九军团还要告诉你吗?"

我虽然仍感到莫名其妙，但从来没有见过刘伯承发这样大的火气，这才意识到事关重大。他目光炯炯地盯着我，气氛十分紧张。

总参谋长的严厉批评，惊动了正在办公的朱德同志。他走进屋里来，挥了一下手，严肃而又和蔼地说："不要再说了，赶快想办法把浮桥架起来。"朱德的到来使紧张的气氛缓和了许多。刘伯承怒气渐消，沉默片刻后说："好吧，你们研究一下，争取拂晓以前把浮桥架好。我派 1 个工兵连归你们指挥。"

得到他的指示，我们立即同陈赓、宋任穷和作战局长张云逸一起研究，决定由宋任穷和我带领三营和工兵连去重架乌江浮桥。受命之后，宋任穷进行了简短的政治动员，讲明了重架乌江浮桥的重要性，让同志们发扬连续作战的顽强作风，坚决完成任务。随即我们带领部队以急行军的速度返向乌江边。当时，拆桥的战士们刚刚端起饭碗，可是谁也没顾得上吃，放下饭碗就出发了。

天黑了，没有月亮，只有满天闪烁不定的星星熠熠发光。从宿营地到乌江边，40 里路程，我们于晚上 9 点钟到达江边。

乌江真是天险，在耸天竖立的两岸高山之间，黑压压滚滚急流，就像乌云从天直泻而下。波涛汹涌，发出雷鸣般吼声，使你顿觉整个天地都在急速地旋转，强烈地震撼。激流飞速，若从上面丢下一块木片，会立即倏然飘逝。100多米宽的江面上没有一星灯火，没有一只木船，只有狂嚎的风声和连天的浪涌。一到江边，我们就投入了紧张的劳动。我们的战士们忘却饥饿和疲劳，分头迅速行动，伐树木，砍竹子，采石头，做竹篓。那时，我们没有更先进的架桥工具和器材，全凭随身携带的一把斧头、刀子、钳子、锤子等工具。手被竹皮勒破了，脚被尖石划破了，可是谁还能顾得上许多呢？大家只有一个信念：一定要赶在拂晓前完成任务。宋任穷政委亲自参加劳动，给工兵们传递工具、木头、竹子等架桥器材和送水端茶。乌江水流湍急，河底石头光滑，战士们手拉手走下河，钉桥桩，粗大的树干刚刚探到河底，一个波浪涌来倏地一下就漂走了，一根、二根……可是谁也没有泄气，继续同这桀骜不驯的乌江搏斗。还是工兵连有办法，他们用竹篓装上石头，两个竹篓上下扣住，中间用硬木架成十字，捆绑结实沉入河底以此代锚，这样就固定住了桥桩。然后把100多米长的竹绳架在桥桩之上，在竹绳上又铺上一层圆木，如此这般，战士们整整奋战了一个通宵。当东方的第一束光线投射在咆哮奔腾的乌江水面时，一座比较像样的浮架终于安然地枕在了乌江的腰上。

我们望着渐渐发白的天空，望着变成了紫灰色的江水，望着我们亲手架起来的乌江浮桥，每个人的脸上都露出了喜悦的笑容。在江边稍稍休息了一会儿，我们把浮桥交给了另一个部队看守。宋任穷和我带着部队回到了原地。这时，大部队已经先走了，我们当即大踏步追赶。很快就追上了后卫部队，问到中央军委纵队行军经过的路线，我们便根据沿途的路标和注有"红星"代号的标语追赶中央纵队。一路上，群众对我们非常好，热情地帮助我们。我们追了两天才赶上大部队。

回到部队后，我准备写检查，接受刘伯承和朱德的批评，承认自己下命令是无组织无纪律的错误行动。总参谋部知道后，通知我不要写检查了。首长们这种体察下情的宽大胸怀，使我受到很深刻的教育。